MICHEL PEYRAMAURE

Michel Peyramaure est né à Brive, en Corrèze, en 1922. À sa sortie du collège, il travaille dans l'imprimerie de son père puis devient journaliste à *La Montagne*, avant de se consacrer à la littérature.
Son premier roman, *Paradis entre quatre murs*, paraît en 1954. Une cinquantaine d'autres suivront, marqués par son goût pour l'histoire de France – celle de ses provinces en particulier – et pour la littérature de terroir. Au début des années quatre-vingts, il fonde, avec Claude Michelet et Denis Tillinac, l'École de Brive, un mouvement d'écrivains du terroir, tous Corréziens, qui renouent avec la tradition romanesque et populaire du XIXe siècle. Il est également l'auteur de biographies (Henri IV, Cléopâtre, Suzanne Valadon, Sarah Bernhardt).
Michel Peyramaure a reçu en 1979 le Grand Prix de la Société des gens de lettres pour l'ensemble de son œuvre. Écrivain « régional », il dit avoir « les deux pieds en Corrèze ».

LES GRANDES FALAISES

DU MÊME AUTEUR
CHEZ POCKET

LES DEMOISELLES DES ÉCOLES
LES FLAMMES DU PARADIS
LOUISIANA
L'ORANGE DE NOËL
PACIFIQUE SUD
LES TAMBOURS SAUVAGES
CLÉOPÂTRE, REINE DU NIL
LAVALETTE, GRENADIER D'ÉGYPTE
LES CHIENS SAUVAGES
LA TOUR DES ANGES
MARTIAL CHABANNES, GARDIEN DES RUINES
LA DIVINE

HENRI IV

T. 1 — L'ENFANT ROI DE NAVARRE
T. 2 — RALLIEZ-VOUS À MON PANACHE BLANC
T. 3 — LES AMOURS, LES PASSIONS, LA GLOIRE

SUZANNE VALADON

T. 1 — LES ESCALIERS DE MONTMARTRE
T. 2 — LE TEMPS DES IVRESSES

JEANNE D'ARC

T. 1 — ET DIEU DONNERA LA VICTOIRE
T. 2 — LA COURONNE DE FEU

LE ROMAN DES CROISADES

T. 1 — LA CROIX ET LE ROYAUME
T. 2 — LES ÉTENDARDS DU TEMPLE

MICHEL PEYRAMAURE

LES GRANDES FALAISES

PRESSES DE LA CITÉ

L'auteur de ce roman sur la préhistoire, son troisième, n'a pas, comme pour les précédents, choisi au hasard les noms de ses personnages. Ils dérivent de certains particularismes physiques ou mentaux, comme cela devait l'être à cette époque, à l'aube du néolithique, et comme cela l'est aujourd'hui, chez les Indiens d'Amérique notamment. La meilleure référence pour ce choix est le Dictionnaire des racines des langues européennes, *de R. Grandsaignes d'Hauterive (Larousse, 1949).*

ISBN 2-266-15322-6

Pour Odette et Marcel Thomas

« Il y eut, dès la préhistoire, des hommes aussi remarquables que ceux dont la période historique nous a légué les noms. »

Ashley MONTAGU,
Les Premiers Ages de l'homme.

« Tu veux ma mort, poisson, pensa le vieux. C'est ton droit. Camarade, j'ai jamais rien vu de plus grand ni de plus noble ni de plus calme que toi. Allez, vas-y, tue-moi. Ça m'est égal lequel de nous deux qui tue l'autre. »

Ernest HEMINGWAY,
Le Vieil Homme et la mer.

« Cet Himalaya, ce mastodonte des mers salées, est revêtu d'un tel prestige d'inconsciente puissance que les terreurs qu'il inspire sont plus redoutables que les attaques les plus rusées. »

Herman MELVILLE,
Moby Dick.

« Nous projetons sur la pensée de l'homme préhistorique l'ombre de la nôtre. »

André LEROI-GOURHAN,
Les Rêves.

1

Le jour des trois soleils

Tout a pourtant bien commencé : la traversée de la rivière à pied sec, sur la glace, un chemin au sol solide, bien battu par les chasses des jours précédents, sonore comme un tambour, un ciel d'une pureté de torrent, un air dur à casser à la hache... Seule ombre à mon départ en solitaire : le cri que la plus âgée de mes épouses, Cofia, a poussé du haut de la falaise. Pauvre Cofia, toujours à redouter le pire... A vrai dire, ce n'était pas un cri comparable à celui qu'elle pousse lorsqu'elle se pique un doigt en cousant des peaux, mais plutôt une lamentation, une incantation ou je ne sais quoi qu'elle semblait s'arracher des tripes et qui m'a glacé le sang. Qu'est-ce qui lui a pris, à cette vieille femelle ? Voulait-elle m'alerter contre le danger que j'allais courir en affrontant la grosse bête *que j'ai inscrite à mon tableau de chasse ? Craignait-elle que je ne revienne pas vivant de cette équipée ? A-t-elle eu, dans son sommeil, une vision prophétique du sort qui, peut-être, m'attend : une charge du mammouth contre ma fragile personne, le coup de trompe qui m'enverrait dans les branches ou sur les rochers, la patte du monstre m'écrasant la poitrine ? Vieille femelle ! Oiseau de mauvais augure ! Si je reviens de cette expédition, gare à tes grosses fesses ridées...*

Cette lamentation m'a poursuivi le temps de passer la rivière et au-delà, jusqu'à la frange de cet espace désert qui occupe une partie de la vallée où coule la rivière Noire, que j'appelle la Petite Toundra : il est tapissé de sphaignes gorgées d'eau, où le pied s'enfonce comme dans la vase. Cofia a dû chanter sa maudite chanson jusqu'à en perdre le souffle. Mille tonnerres ! Qu'est-ce que cette folle a tenté de me faire comprendre ? Que j'arrête cette course à la mort, que je fasse demi-tour ? Revenir aux Grandes Falaises, me calfeutrer dans la tiédeur de mon abri, devant la fosse à feu, comme le dernier des vieillards, subir les commérages insupportables de mes deux épouses et de leurs voisines en affûtant mes silex ou en taillant le bois de mes flèches ? Plutôt crever, tout de suite, au pied de cette roche polie par les anciens glaciers, que de me retrouver en proie à ce double mal qui me ronge depuis des lunes : l'amertume et l'ennui. Si tu n'as pas connu cette impression accablante que ta vie s'effrite, qu'elle n'a plus rien à t'apporter de bénéfique ou de nouveau, alors jette-moi la première pierre ! Si au contraire tu peux comprendre qu'on souhaite mettre fin à son existence par la réalisation d'un vieux rêve, alors je te tends les bras !

Le plus difficile : retrouver les traces de celui vers qui me portent résolument mes pas.

Il n'est pas tombé un flocon depuis des jours. Si mon vieux copain, le mammouth solitaire — comme je le suis ! —, était passé par là, j'aurais repéré ses empreintes dans la neige, mais elle est verglacée, et alors tu peux toujours chercher, le nez sur la piste ! Ces empreintes, je les reconnaîtrais entre mille : elles ont la forme d'un œuf, avec quatre coussinets larges de deux doigts, et elles ont deux fois la dimension de ma tête, barbe comprise, et ma barbe est encore drue, bien que grise.

Au départ des Grandes Falaises, je me suis dirigé vers l'endroit où j'ai vu ma grosse bête, *il y a peu de temps : au bord d'un des marécages du couchant. Facile à retrouver, encore que ma mémoire, avec l'âge, me joue des tours.*

En longeant la Petite Toundra, je salue au passage une jolie perdrix des neiges, si blanche que son plumage se confond avec le milieu ; elle n'est visible que par son bec et ses yeux luisants comme des éclats de silex ; certaine de n'être pas aperçue, elle ne bouge pas d'un pouce. Poursuis donc ton existence, petite perdrix ! J'ai suffisamment de provisions dans mon carnier pour négliger ce maigre gibier. Je réserve mes sagaies pour plus gros que toi.

Un peu plus loin, je tombe en arrêt devant un élan de belle taille en train de gratter la sphaigne pour y trouver quelques brindilles. Il me lorgne d'un air méchant en mâchouillant son herbe gelée. Si je progressais vers lui de quelques pas, il n'hésiterait pas à fondre sur moi et à m'attaquer avec ses bois épanouis, à la palmure large comme mes deux mains, qu'il ne va pas tarder à perdre, comme le vieil homme que je suis a perdu ses illusions...

Mon expédition de chasse en solitaire prend une allure de promenade. Je suis de bonne humeur, sinon d'humeur joyeuse. Eh ! serais-tu heureux si l'on venait t'apprendre que tu vas peut-être te retrouver écrabouillé sous une patte de mastodonte ou les reins brisés par un coup de trompe ? La terre gelée sonne franc sous mes pieds chaussés de cuir d'élan fourré de duvet : luxe en temps normal, bonne précaution pour les chasses d'hiver. J'ai protégé mes jambes de peaux de loup lacées jusqu'aux genoux avec des tendons de renne. C'est la plus jeune de mes deux épouses, Adulah, qui a noué ces liens, sans pleurnicher comme la vieille Cofia, mais, j'en mettrais ma main au feu, elle n'en pense pas moins...

J'ai pris au milieu de la journée la décision de ne pas suivre les pistes où mon mammouth se risque rarement, mais plutôt de m'enfoncer à travers la forêt vers son habitat préféré : les derniers espaces de toundra dénudée où il peut évoluer plus aisément, en raison de sa taille, que dans des taillis ou des futaies.

En suivant ce nouvel itinéraire, je me suis souvenu avec plus de précision de l'endroit de notre dernière rencontre, l'été précédent, peut-être au début de l'automne : c'était en bordure des marécages du Lion-Rouge, du nom de ce fauve qui s'y prélassait en famille dans les temps anciens, et que des chasseurs aujourd'hui disparus ont délogé, les armes au poing.

Autre décision : camper pour la nuit sur ce site, dans la cabane où mon père me conduisait dans ma jeunesse pour m'initier à la chasse au gibier d'eau et à la pêche aux grenouilles. J'y serai mieux protégé que dans un abri sous roche, ouvert à tous les vents ; je pourrai y faire ce bon feu dont la perspective m'obsède depuis mon départ, de même que la grillade de filets de renne qui me met d'avance l'eau à la bouche.

Cet abri rudimentaire n'a guère pâti de ma longue absence. L'ours qui traîne dans les parages a bien tenté de pratiquer une brèche dans la murette de pierres entassées tout autour, mais il a dû en vain s'y user les griffes. Il ne risque pas de venir m'importuner aujourd'hui car il dort sur son matelas de graisse pour une longue hibernation.

Je débarrasse la fosse à feu de l'épaisseur de cendres croûteuses qui recouvrent la sole, j'y disperse un peu de mousse sèche, quelques brindilles, sur lesquelles j'entrechoque mes pierres à feu. Quelques étincelles, une petite luciole de flamme sur laquelle je m'époumone, quelques branchettes sur le tout, et voilà mon feu prêt pour la nuit ! Qui donc, dis-moi, peut être plus heureux que le chasseur qui, à la fin d'un jour de grand froid, tend ses mains engourdies vers son ami, le feu, et regarde griller son fricot ? J'en conviens, ce festin serait plus agréable s'il était partagé, mais qui aurait accepté de suivre ce vieux fou ? Et rien ne dit que j'aurais consenti à avoir de la compagnie. Pour cette ultime expédition, pour ce rendez-vous avec un personnage qui ne risque pas de m'importuner puisqu'il s'agit de moi, la solitude s'impose. Pas de quoi sourire. Pas de quoi pleurer non plus. Il faut bien, à un moment ou à un autre, accepter d'en finir avec la vie. Cette fin, oui, je l'ai choisie et méticuleusement préparée. Si tu ne tolères pas ce comportement, c'est que tu ignores tout des mystères de la chasse !

Il faut que je dorme. Si je le peux. Des souvenirs tournent dans ma tête à une allure folle, plus ou moins précis, mais je suis bien obligé d'accepter cette incertitude tout en les nettoyant de leur poussière et de leur boue. Grâce aux Esprits, si ma mémoire flanche pour des événements qui datent d'hier, elle fourmille dès que se lève le voile du plus lointain passé.

C'est une obligation : je dois dormir, recru de fatigue que je suis. L'affaire se complique car, avant de monter, à mon corps défendant, sur le séchoir à poissons où nous rangeons les cadavres de l'hiver, puis d'accéder à la caverne des morts où mon crâne sera livré au respect des vivants, je sens le passé revenir en moi en tourbillons obsédants.

Tenter de dormir, soit ! mais d'abord manger. La viande suinte, chante, rissole, embaume au-dessus des braises. Je l'attaque à belles dents, inondé d'une jouissance qui me fera regretter d'avoir, comme c'est probable, à quitter ce monde, à moins d'un miracle. Et les miracles, malgré ce qu'en dit notre sorcier Sankô, je n'y crois guère.

Mais, mille tonnerres, qu'est-ce qui me prend de parler tout seul et dans un langage qui ne m'est pas habituel ? Cela doit tenir à l'état dans lequel je me trouve, à la sombre alacrité qui embue l'esprit du condamné à mort volontaire. Va savoir...

A peine le jour levé, j'ai retrouvé le fil de mes souvenirs, sans me forcer, comme s'ils attendaient que j'ouvre l'œil, après un sommeil tourmenté.

Passée une accalmie nocturne, le blizzard a repris sa chanson. Elle ne s'est tue que le soir, après une journée passée en tête à tête avec mon ami le feu, à le regarder consumer bûche après bûche ma réserve qui, fort heureusement, est abondante, et à ressasser mes souvenirs.

Au soir tombant j'ai assisté, pour la deuxième fois de ma longue vie, à un phénomène étrange. Je suis sorti sur le seuil de ma cabane et, soudain, j'ai eu l'impression que le soleil se livrait à un spectacle. Je devrais dire les *soleils, car ils étaient trois : trois astres rou-*

geoyants qui semblaient danser sur l'horizon lointain de la Petite Toundra. Non, je n'ai pas perdu la raison ! Non, je n'ai pas été victime d'une hallucination ! Je me suis pincé le bras, je me suis frotté les yeux, comme la première fois. Je ne rêvais pas. Il y avait bien trois soleils sur un gros lit de nuages sombres : un gros, le vrai sans doute, qui semblait vivant comme le cœur de l'ours du sacrifice quand on le lui arrache pour le regarder palpiter ; les deux autres au-dessous de lui, troubles, comme brumeux, de la même couleur de sang. Je sais que le soleil n'est pas une sorte de père de famille qui conduit sa progéniture à la promenade, qu'il ne s'agit que d'un mirage causé par le reflet de la lumière crépusculaire sur les champs de glace, mais c'est bouleversant, comme d'assister à la fin des temps. Mais peut-être est-ce ma fin à moi, pauvre chasseur de mirages, que les Puissances de l'air, qui m'ont été favorables jusqu'à ce jour, saluaient par ce spectacle de magie. S'il en est ainsi, qu'elles en soient remerciées...

Ce matin il fait frisquet, au point que je ne vais pas me risquer dehors pour reprendre ma recherche. Le blizzard qui s'est essayé hier soir à arracher le toit de ma cabane, je l'ai par précaution fixé avec des pierres, balaie la Petite Toundra avec une ardeur accrue. Par les interstices entre les parois de branches, je peux voir, dans la lumière rasante du petit jour, les fumées de neige qu'il soulève, dont il semble jouer, et qu'il disperse sur l'étendue désolée. Bigre... s'il ne cesse pas de laminer les parages, je vais être condamné à me calfeutrer dans cette bauge, peut-être pour des jours et des jours...

Je ramasse une poignée de neige pour m'en débarbouiller le visage, une autre que je jette dans le pot de terre où je vais faire chauffer ma tisane du matin. Il me reste assez de provisions pour plusieurs jours et de la patience pour une éternité, malgré le désir que j'ai de reprendre ma prospection. Je bois ma tisane et me glisse dans mon sac de fourrure pour un sommeil d'ours en hibernation. Que faire d'autre ?

Le blizzard s'est essoufflé, comme s'il avait couru vite et longtemps, mais la journée est trop avancée pour que je me mette en route. Au cours d'une brève sortie, j'ai relevé quelques traces sans équivoque : de vagues empreintes de géant, des branches brisées et — bonheur ! — un paquet d'excréments gelés, une bouse grosse comme trois fois ma tête, avec quelques brindilles mal digérées qui saillaient par endroits de la boue noirâtre.

Je me suis écrié : « Cette fois-ci, mon gaillard, tu ne m'échapperas pas ! » Il ne doit pas être loin, immobilisé peut-être par le blizzard ou traînant la patte. Attendant ma venue ? Je n'ose l'espérer. Ce serait un des miracles dont j'ai parlé.

Il n'y aura pas, ce soir, de spectacle crépusculaire : le ciel est couvert d'un bord à l'autre de la vallée d'une croûte de nuages qui annoncent la neige. J'ai profité de cette sortie pour cueillir quelques baies de genièvre, de prunellier et d'airelle saupoudrées de neige par le vent. Elles accompagneront agréablement mes derniers repas.

Quelque temps qu'il fasse, il faut bien que j'en finisse avec cette léthargie qui me gagne. Il n'y a que le blizzard qui puisse faire obstacle à ma prospection. Il s'est remis à souffler à la fin du jour et toute la nuit, avec férocité.

Ce matin, il fait des caprices : il fait mine d'arrêter sa course éperdue, puis il repart avec des grondements venus des profondeurs de la forêt voisine et des sifflements reptiliens dans les ramures dénudées des bouleaux et des saules nains.

Je vais devoir me résigner à me morfondre dans ma niche, en proie à la marée des souvenirs, bons et mauvais en vrac, enfoui sous la peau d'ours pour un nouveau face-à-face avec le feu et avec moi-même. Je crains d'avoir à rester dans cette situation des jours et des jours, malade d'impatience et d'ennui.

De temps à autre, pour ranimer ma mémoire engourdie, je triture entre mes doigts la minuscule amulette de nacre que je porte sur ma poitrine, à même la peau. Cet objet, c'est Aweïda qui l'a taillé dans un coquillage que j'ai rapporté d'une expédition sur les bords de la Grande Eau du couchant : il représente le profil d'une antilope saïga, l'emblème de la tribu de nomades dont elle est originaire.

Aweïda... Elle n'avait pour ainsi dire pas de nom quand nous l'avons amenée aux Grandes Falaises. Nous lui avons donné celui-ci en raison de sa voix agréable. Elle chantait comme un rossignol.

2

La petite sagaie

C'était un objet bizarre, inconnu de notre tribu. Abela l'avait découvert alors qu'elle cueillait des champignons avec ses compagnes, mais elle n'y avait guère attaché d'importance, persuadée, nous avait-elle dit, qu'il pouvait s'agir d'un jouet. Il est vrai que ce n'était rien d'autre qu'une pierre, mais quelle pierre ! Façonnée et affûtée avec un soin particulier, longue de moins d'un pouce, emmanchée et ligaturée à une tige raide, droite, longue d'une coudée et, ce qui nous laissa perplexes, à l'extrémité opposée, dotée d'un empennage de plumes insérées dans le bois et d'une encoche.

La sagaie miniature fut portée à l'Abba, chef de notre tribu, que nous appelions entre nous Vieux-Débris. Il était occupé à vérifier la souplesse des peaux que ses femmes malaxaient à belles dents. Il prit l'objet entre ses mains et questionna Abela sur les circonstances de sa découverte. Elle avait trouvé l'arme au pied d'un bouleau. Il n'y avait aucune trace de pas, rien, sinon...

— Sinon quoi ? Eh bien, parle, petite bécasse !

— Rien d'autre qu'une crotte.

— De sanglier ? de cerf ? d'ours ?

— Non, d'homme ou de femme, peut-être...

— Tu veux dire une merde ?

— Oui, une merde. Elle avait un peu fondu avec la pluie.

— Tu me dis bien toute la vérité ? Réponds, c'est important.

Abela fit un geste sur son front et sur sa poitrine pour attester de la sincérité de ses réponses. Ses compagnes pourraient témoigner à leur tour ; elles ne diraient pas autre chose.

L'Abba se tourna vers moi, me tapota l'épaule de la pointe de la petite sagaie.

— Marah, me dit-il, c'est une étrange découverte, un mystère que je te laisse le soin d'élucider. Tu vas partir avec ton ami Kôm et me rapporter si possible d'autres détails. Je fais confiance à ton flair. Abela vous guidera.

Il tombait, je m'en souviens, une lourde pluie d'octobre lorsque nous descendîmes vers la rivière Noire qui coule sous nos falaises afin de la traverser par le pont de lianes et de nous rendre sur le lieu de la découverte, que la « petite bécasse » retrouva sans peine : il se situait au milieu de la vallée, entre les Grandes Falaises et la Petite Toundra.

En cours de route, je sentis une crainte sournoise s'infiltrer en moi. Je ne redoutais pas un danger immédiat, une attaque par des chasseurs d'autres tribus, venus prospecter notre territoire, mais la révélation de quelque surprise désagréable dont la découverte de la petite sagaie ne serait que l'annonce menaçante. A diverses reprises, ces derniers jours, nous avions relevé, dans la forêt et le long des marécages, les traces suspectes d'un passage de chevaux, non celles d'un troupeau de ces tarpans qui galopent comme le vent et que nous ne nous risquons pas à chasser, mais de quelques animaux progressant en file, ce qui était pour le moins singulier.

— C'est ici ! dit Abela.

Elle nous désignait un bouleau précédant un bosquet ruisselant de pluie. La merde était toujours visible, mais sous forme d'une boue noire qui se confondait avec les premières feuilles mortes. Kôm et moi nous éloignâmes, chacun dans une direction différente, et ne fûmes pas longs à trouver des traces : celles d'un cheval, et les marques d'un piétinement fait par des pieds d'homme : herbe foulée, fougères couchées, basses branches brisées...

Notre perplexité rejoignait celle de Vieux-Débris. Lorsque nous lui rapportâmes les maigres résultats de nos recherches, il gratta énergiquement sa tignasse et marmonna à travers sa barbe épaisse et rude :

— Je n'aime pas ce genre de mystères ! Cette sagaie n'est pas une arme fabriquée par un enfant. Trop fignolée... Et puis, ces plumes, ça peut servir à quoi ? J'en aurai le cœur net...

Dans les jours qui suivirent cette découverte, l'inquiétude se propagea à toute la tribu des Grandes Falaises, sans pour autant susciter le début de panique que nous aurions pu redouter. Le conseil des Anciens, réuni par l'Abba, décréta néanmoins des mesures de prudence : il fit interdire les chasses individuelles, ordonna que les filles et les femmes qui se livraient à des collectes de subsistance fussent accompagnées de chasseurs armés ; il nous revenait, à moi et à quelques autres, de recueillir le moindre indice suspect et de lui en faire part aussitôt.

Ces précautions nous ramenaient à des saisons en arrière, au temps où nos voisins, les chasseurs de la rivière Verte, contestaient violemment les limites de notre territoire de chasse, au point de prendre les armes et de nous tendre des embuscades. Nous y avions laissé trois hommes et une de nos femmes qu'ils avaient enlevée alors qu'elle ramassait des escargots après la pluie. Nous ne pouvions oublier non plus l'irruption d'une horde de chasseurs de femmes venus des plaines du nord, et la disparition de trois d'entre elles, parmi lesquelles la fille aînée de l'Abba ; nous leur avions donné la chasse, mais ils s'étaient fondus dans la forêt où il était trop risqué de les poursuivre. Après cet événement, et durant des lunes, la tribu avait vécu dans la crainte de nouvelles incursions.

Les chasseurs de la rivière Verte, comme les sauvages du Nord, étaient pourvus d'armes identiques aux nôtres : épieux et sagaies principalement. Celle que nous avions découverte ne pouvait leur appartenir.

Autour de la fosse où brûlaient les premiers feux de l'automne, on ne parlait que de cette arme mystérieuse. Chacun y allait de son hypothèse. La mienne était la plus logique, et la suite des événements n'allait pas tarder à la confirmer. Ecoutée par tous, appuyée par les uns, rejetée par les autres, elle fit son chemin.

A la base de mon idée, une banalité : nous ne sommes pas seuls au monde. Qui oserait prétendre que, au-delà de nos territoires et de ceux de nos voisins immédiats, il n'existe pas des peuplades différentes de la nôtre, attardées ou évoluées, prêtes à fondre sur nous pour nous anéantir, ou d'autres capables d'enrichir nos connaissances ? Le mystère qui nous obsède, et moi, peut-être, plus que quiconque, réside dans l'ignorance où nous sommes de leur apparence, de leur mode de vie, de leurs techniques de chasse. De leurs armes...

Ce qui est pour moi une certitude nous est confirmé

par le passage sur nos territoires de petites hordes de nomades, rares, il est vrai, et peu abordables de par leur caractère farouche. Ces gens sont les véritables maîtres du monde inconnu qui nous cerne. Nous avons nos abris, la sécurité que nous procure cette forteresse inexpugnable des falaises, nos familles, nos habitudes de chasse, qui n'ont pas changé depuis des temps. Le secret, l'avantage des nomades, ces êtres différents de nous, c'est leur errance perpétuelle : ils prennent ici et là, chez telle ou telle peuplade dont ils traversent les territoires, de quoi enrichir leur mode de vie et de pensée. Nous aurions beaucoup à apprendre d'eux, mais personne, à ce jour, ne s'est aventuré sur leur parcours : nous redoutons à la fois leurs habitudes de pillage et leur caractère ombrageux.

Au temps où ma jeunesse, ma puissance physique, mon audace m'autorisaient les longues randonnées qui pouvaient durer une saison, j'ai profité de la moindre occasion d'apprendre, des peuplades qui nous hébergeaient, ce qui pouvait améliorer notre façon de vivre et de penser. Cette curiosité, qui m'a animé tout au long de mon existence, n'est pas partagée par le reste de la tribu : elle se satisfait de ce que nous ont livré nos ancêtres et répugne au progrès, avec une méfiance qui m'exaspère. Il est vrai que d'autres peuplades sont plus malheureuses que nous, soit que le gibier se fasse rare, que le climat se détériore, que les femmes soient frappées de stérilité, qu'une maladie les décime. Est-ce une raison suffisante pour nous faire renoncer à des progrès qui ne compromettent pas le bonheur relatif dans lequel nous baignons ?

Une expédition m'a conduit un jour, avec un groupe de nos chasseurs, jusqu'aux rives de la Grande Eau, à cet endroit où les falaises et les sables marquent la fin du monde connu. J'ai passé une partie de mon temps à interroger les vénérables vieillards qui sont l'esprit et l'âme de ces territoires sur ce que cette immensité de vide bleu, toujours en mouvement, peut cacher. Ils m'ont révélé qu'au temps des grands froids qui ont précédé le nôtre, alors que le monde était figé dans la glace, on voyait passer au large, dérivant vers le sud, des îles éblouissantes de blancheur, plus hautes que leurs falaises, occupées parfois par des animaux venus d'autres latitudes, loin dans les mystères du septentrion. Le souvenir de ces temps maudits s'est transmis de génération en génération. A une époque plus proche de la nôtre, les mangeurs de coquillages qui occupent ces territoires ont aperçu, à une portée de sagaie, d'étranges embarcations montées par des hommes qui battaient l'eau avec des perches plates. Légende ou vérité ? Je ne saurais le dire. Les vieillards les mêlent souvent dans leur mémoire.

Ce qui, en revanche, est véritable, car j'en fus le témoin émerveillé, ce sont les dépôts rejetés sur le sable par la marée : des algues étranges arrachées aux profondeurs, des monstres marins échoués, des plantes, des bois, des fruits inconnus qui attestent la présence lointaine d'un autre monde.

Ces gens redoutaient les humeurs imprévisibles des Puissances de la mer, au point de ne jamais se risquer au large, comme nous le faisons sur nos rivières, dans des embarcations d'écorce ou de peaux cousues.

Aux colères et aux caprices des eaux et du vent, qui ne menacent rien d'autre que le sable et la pierre, s'ajoutaient l'odeur écœurante de poisson pourri qui règne autour de leurs tanières et imprègne la peau des femmes, l'inconfort de leur habitat, les nourritures infâmes dont ils font leur ordinaire... Je me plaisais pourtant à parcourir cette contrée marécageuse, abondante en gibier qui nous changeait des coquillages de toutes sortes dont les restes s'entassaient aux abords des huttes et des abris sous roche.

La chasse n'était pas le but de ces expéditions. Nous quittions les Grandes Falaises avec des chargements de silex taillés, de fourrures et de peaux tannées, que nous faisions porter par les plus robustes de nos femmes. Nous repartions avec des sachets de sel, des coquilles et des nacres dont nos compagnes feraient des parures de fête, des poissons séchés, précieux par temps de disette. Certaines de ces femmes ne revenaient pas aux Grandes Falaises : nous les échangions en nombre égal avec celles de nos hôtes, sans jamais user de la contrainte. Ainsi, nous évitions les méfaits des unions consanguines qui ont ravagé tant de peuplades. Ce système d'échanges n'a plus cours aujourd'hui, et je le regrette.

C'est pourtant de l'une de ces tribus de mangeurs de coquillages que j'ai ramené la première de mes épouses : Bogha. Encore adolescente, soumise à ma volonté et à mes caprices, elle m'a suivi sans un murmure, sans un regard en arrière. Ce choix, je n'ai jamais eu à le regretter, et je n'eus que de rares occasions de la battre. Elle fut pour moi une épouse obéissante, prolifique, peu jalouse. Sa mort précoce m'a privé d'une irréprochable gardienne du feu, toujours consentante à mes exigences charnelles. Elle m'a donné deux fils, beaux et vigoureux, Rook et Salmô qui, aujourd'hui, devenus des hommes, hantent d'autres lieux.

Le premier souvenir que je garde d'elle me plonge encore dans le ravissement. Sa mère l'a conduite par la main jusqu'à la caverne qui m'abritait, protégée du vent âpre par un mur fait de coquillages d'une blancheur éblouissante. Je l'ai déflorée sur un tapis de varech, prête au sacrifice, mais sans un sourire, sans un mot pour me dire sa révolte ou son plaisir. A celui qu'elle m'a donné a succédé la satisfaction, quelques lunes plus tard, de voir son ventre s'arrondir.

Les expéditions que nous entreprenions vers les montagnes Vertes du levant, à des journées des Grandes Falaises, étaient d'une autre nature ; elles ne nous réservaient guère moins de surprises, mais qui étaient de plus rude essence.

Les changements du climat, qui, insensiblement, avaient fait succéder au temps des grands froids une température plus clémente, avaient fait refluer vers ces hautes terres où s'accrochaient les longs hivers, une faune à la recherche de conditions de vie plus conformes à sa nature. Les grands troupeaux de rennes, d'aurochs, de bœufs musqués, quelques rares mammouths, ont trouvé refuge dans les vallées profondes et les sommets couverts de neige en toute saison.

Nous dénichions dans ces parages le gros gibier que nous dépecions sur place et dont nous fumions la viande pour la rapporter plus aisément, entassée sur des traînes tirées par nos femmes.

Les hommes que nous rencontrions dans ces austères solitudes sont des sortes de sauvages encore égarés dans les brumes des temps anciens. Nous les redoutions car ils manifestaient volontiers leur hostilité aux étrangers que nous sommes. Avec ces êtres primitifs, aucun échange n'est envisageable : nous méprisons les articles rudimentaires qu'ils pourraient nous proposer, et leurs femmes ne sont que des matrones puantes.

Depuis des temps nous n'avons plus de rapports avec

cette triste humanité, et nous nous en passons fort bien. Sur nos territoires, le gibier est encore abondant, et les Puissances ne nous laissent manquer ni de femmes ni de rien.

Des temps lointains de ma jeunesse, je conserve l'un de mes plus vivaces souvenirs de chasse.

Celle du renne n'a rien d'excitant : cet animal est facile à chasser quand on connaît ses habitudes et ses caprices et ne manifeste aucune marque d'hostilité envers son prédateur. Il en va de même du bœuf musqué. Cette masse de chair inerte se laisse tuer sur place, sans réagir, mais il se fait rare et il faut aller le chercher à des journées de nos abris. La chasse de l'aurochs est plus animée, souvent dangereuse, mais d'un intérêt moindre que celle du mammouth.

Autant qu'il m'en souvienne, j'ai toujours éprouvé une sorte de fascination pour ces mastodontes. Sans croire, comme notre sorcier, Sankô, qu'ils sont la réincarnation des grands chasseurs des origines et le refuge des esprits de la chasse, je ne puis me défendre envers eux d'un sentiment de respect sacré. J'ai appris, d'un chasseur aujourd'hui disparu, la prière conjuratoire que l'on doit adresser au mammouth que l'on s'apprête à sacrifier. Cette sorte d'incantation bourdonnait dans ma tête chaque fois qu'une harde nous était signalée dans les neiges et les brumes hivernales, alors qu'ils remontaient vers les montagnes Vertes. Je vois dans cette prière le signe d'une alliance entre l'homme et ce pachyderme : ce qu'il nous donne en viande, nous devons le lui rendre par un signe de respect. Il en va de même pour tous les gibiers, l'ours notamment, mais avec une ferveur moins intense.

Un jour où nous chassions à une journée des Grandes Falaises, nous nous sommes trouvés en présence de la tribu de la Caverne aux Ours, avec laquelle nous faisons bon ménage et qui nous accompagne parfois dans nos expéditions, car elle compte d'excellents pisteurs.

Nous avions relevé dans la neige les traces d'une modeste harde, une famille plutôt : un gros mâle accompagné de sa femelle et d'un petit. Nous les avons suivis toute une matinée et les avons rejoints alors qu'ils étaient en train de balayer la neige qui recouvrait la rive d'un étang pour en arracher l'herbe aquatique dont ils sont friands. Nous étions contre le vent, ce qui nous permit une approche facile.

— Le mâle a l'air vieux et fatigué, blessé à une patte à ce qu'il semble, nous dit le chef de l'expédition. C'est lui que nous allons sacrifier. Nous laisserons partir la femelle : elle est trop jeune et dangereuse car elle a son petit à protéger.

Par des gesticulations et des clameurs, nous parvînmes à séparer le couple et à maintenir sur place le vieux mâle, au bord de l'étang où il hésitait à s'aventurer, par crainte de s'y enliser. Il barrissait effroyablement et balançait sa trompe d'un air rageur en cherchant une issue dans le cercle que nous formions autour de lui. Quelques sagaies lancées au propulseur pénétrèrent l'épaisse toison de jarres où s'accrochaient des filaments de glace qui s'entrechoquaient et scintillaient au soleil.

Le mâle ne cessait de tourner sur lui-même, sans s'arrêter de barrir et de fouetter l'air de sa trompe, en faisant mine de nous charger, si bien qu'il fallut attendre un long moment avant qu'il ne se calmât, hérissé de traits, le sang suintant de sous ses jarres. Il n'était que temps : la femelle revenait à la charge d'un air menaçant. Quelques jets de sagaies la contraignirent à se retirer pour rejoindre son petit, quand l'un de nos compagnons, qui s'était trop avancé vers le mâle, fut happé par sa trompe et jeté contre un arbre d'où il retomba, les reins brisés.

Je m'avançai vers le chef et lui demandai qu'il me réservât l'honneur d'en finir avec le mammouth. Malgré ma jeunesse, il accepta et me demanda comment je comptais m'y prendre pour affronter cette montagne vivante.

— Je vais tâcher, répondis-je, de me glisser sous son ventre et d'y planter ma sagaie.

— Marah, me dit-il, tu es robuste et courageux, mais tu sais ce que tu risques. Avant de mettre ton projet à exécution, souviens-toi que tu dois demander pardon à ce bel animal de devoir lui prendre sa vie.

— Je ne l'ai pas oublié, rétorquai-je.

J'étais à cette période de l'existence où l'attrait du danger et de la gloriole pousse à des actes qui défient la raison. Ce que je risquais, je le savais, mais rien n'aurait pu me faire renoncer, sinon l'opposition du chef. Je m'agenouillai, touchai la terre du front et récitai à voix basse la prière fervente, sans en omettre un mot. En me relevant, je vérifiai les ligatures de ma sagaie et le tranchant de sa lame, large d'une main.

Mon cœur bondissait dans ma poitrine, une respiration sifflante passait avec peine mes lèvres, comme si je venais d'accomplir une marche épuisante, lorsque je m'avançai à pas prudents vers cette masse de chair palpitante d'où émanait une odeur âcre. Après une longue inspiration, je me glissai sous le ventre abrité par un rideau de jarres dégoulinantes de sang. Par chance, le mastodonte avait cessé de danser sur place, comme résigné à son destin. Avec un grognement sourd, je plantai ma sagaie dans l'espace de chair molle du ventre qui m'inonda d'un jet de sang. Je m'attendais à un recul brutal, à un piétinement engendré par la souffrance, qui m'eût contraint à me retirer prestement. C'est à peine s'il bougea. J'en profitai pour lui porter un autre coup de mon arme, que j'enfonçai avec un ahan, le plus profond que je pus, puis un autre, et un autre encore, si bien que le ventre libéra sur moi un infâme paquet de tripailles puantes. Ce n'est que lorsque le mastodonte plia ses genoux antérieurs, ne me laissant qu'un étroit espace pour me dégager, que la panique s'empara de moi : je risquais, s'il fléchissait, de mourir écrasé. Je me ruai à l'air libre avec un rugissement.

J'émergeai couvert de sang et d'excréments, accueilli par les clameurs de joie de mes compagnons. Ils criaient mon nom, vantaient mon courage, proclamaient que le nom de Marah resterait dans la mémoire de la tribu. J'étais à ce point ivre de fierté, d'émotion et de peur que je m'écroulai sur une pierre, ma sagaie sanglante entre les genoux.

— Marah, me dit le chef en me serrant sur sa poitrine, je suis fier de toi, mais, mille tonnerres, ce que tu pues ! Tu ressembles à un fœtus de mammouth...

Je laissai à mes compagnons le soin d'achever le mastodonte. En s'accrochant aux jarres, ils l'escaladèrent jusqu'à la bosse qui prolonge le crâne. Il se coucha sur le flanc, ses énormes pattes battant l'air, un profond râle d'agonie dans sa gueule qui vomit de longues gorgées de sang et de glaires vertes.

Aidés de nos partenaires, nous nous mîmes en devoir de débiter ce corps gigantesque. Le morceau de choix, la trompe, me fut attribué, ainsi que les défenses, jaunâtres et ébréchées à leur extrémité. Ce trophée de chasse orne encore mon abri.

Le partage se fit dans la caverne occupée par nos partenaires. Ils manifestèrent leur joie par des clameurs et se ruèrent avec des expressions de gourmandise sur le cœur et le foie qu'ils dévorèrent crus. Je me contentai de quelques lamelles de chair cuites au feu de la tribu.

Cette première aventure de chasse fut pour moi l'occasion de visiter cette caverne qui, par de multiples diverticules, s'enfonce dans le ventre de la colline, vers des eaux profondes dont on pouvait entendre le murmure. J'y découvris des fosses abandonnées par les ours, qui ont laissé des traces de leurs griffes sur la paroi rocheuse, des touffes de poils, des crânes énormes mêlés à des ossements. Ce qui m'intrigua plus que tout fut la frise de mammouths peinte en noir sur un mur, en une sorte de procession propitiatoire. Ils étaient représentés avec un souci de la réalité qui me ravit. Le chef de la tribu me raconta que cette frise était l'œuvre d'un artiste recueilli jadis par les chasseurs, et qui se nommait Kuecô. La peuplade de la Caverne aux Ours avait gardé le souvenir de cet homme étrange, comme d'un sorcier. On lui prêtait un don singulier : il parlait aux mammouths[1]...

Comment pourrais-je oublier l'accueil que l'on me

1. *La Vallée des mammouths*, du même auteur (Robert Laffont : « Folio Jeunesse », Gallimard ; Pocket).

réserva au retour de cette mémorable expédition ? Les jeunes me regardaient avec respect, les anciens avec considération, les femmes avec envie.

C'est au printemps suivant que je participai à ma première randonnée sur les rives de la Grande Eau et que j'en ramenai celle qui allait partager mon existence et me donner deux fils.

3

Passage des nomades saïgas

L'affaire de la sagaie mystérieuse a mis de l'animation dans notre tribu. On en a parlé jusque dans les abris de la rivière Verte et de la Caverne aux Ours. Son origine est longtemps demeurée obscure. Cette arme d'un genre nouveau n'était tout de même pas tombée du ciel ou remontée de la terre, encore que certains eussent paru prêts à le croire. La seule probabilité est qu'elle avait dû tomber du harnachement d'un nomade en train de satisfaire un besoin naturel. Cette étourderie anodine allait avoir des conséquences considérables sur la vie de la tribu.

A l'issue d'une matinée de chasse au gibier d'eau, un de nos chasseurs les plus avisés, Hankô, revint en courant aux Grandes Falaises, gravit échelles et escaliers avant de me lancer :

— Je viens de voir des hommes, là-bas, à la lisière de la forêt.

— Oui... des hommes ! Et alors ?

— Des hommes et des chevaux.

— Tu veux dire des hommes qui chassaient le tarpan ?

— Des hommes assis chacun sur un cheval, à moins que...

Il prit un air mystérieux pour ajouter :

— A moins qu'il ne s'agisse de créatures qui nous sont inconnues : moitié hommes, moitié chevaux... Souviens-toi de cette légende que nous a racontée Sankô...

— Tu l'as dit : une légende.

Hankô eût été seul témoin de cette rencontre, je ne l'eus pas cru, vantard comme il l'était, mais ses trois compagnons, qui le suivaient de peu, ne tardèrent pas à confirmer ses dires. Je le pris par le bras, l'entraînai à l'écart pour lui demander de me raconter dans le détail cette incroyable histoire.

— Je reconnais parfois, dit-il, me laisser aller à des exagérations, voire à des mensonges. Mais cette fois-ci, Marah, tu dois me croire. Je n'ai rien inventé. Les autres te le diront. Seul, on peut être victime d'une illusion. A quatre, c'est impossible.

Ils venaient de tuer, à la sagaie et à la fronde, quelques oies sauvages et un gros cygne, quand un de ses compagnons, qui s'était éloigné du groupe, avait lancé un coup de sifflet et leur avait fait signe de le rejoindre en marchant courbés derrière un rideau de phragmites. Tapis dans la roselière, les pieds dans l'eau, ils avaient assisté à un spectacle étonnant : des chevaux progressaient d'un pas tranquille, avec chacun un homme sur son échine. L'un d'eux portait, en travers de la croupe de sa monture, un cerf qu'ils venaient de tuer. Ces hommes guidaient leur cheval avec des lanières qui entouraient la tête de l'animal, et ils leur parlaient, comme s'ils leur donnaient des ordres !

Comme je restais perplexe, Hankô ajouta avec véhémence :

— Par les mille tonnerres, Marah, je te le jure ! L'homme parlait et son tarpan lui obéissait !

— Ils parlaient dans quelle langue ?

— Ça, je l'ignore. Pas la nôtre en tout cas.

— Ils avaient des armes ?

— Ça, oui ! Des épieux, des sagaies, mais aussi...

— Quoi donc ? Parle, Hankô !

Le maître de chasse secoua sa tête massive que surmontait une touffe de poils de blaireau. Il paraissait hésiter à répondre, crainte, peut-être, de n'être pas cru.

— Il se peut que moi et mes compagnons nous nous soyons trompés, mais il nous a bien semblé qu'il s'agissait de petites sagaies pareilles à celle qu'Abela a trouvée : ils en avaient plusieurs dans des sacoches de cuir accrochées à la ceinture. Nous avons vu distinctement les plumes qui dépassaient. Ils portaient aussi à l'épaule une longue tige de bois recourbée, avec une lanière qui reliait les deux bouts.

— Ils portaient tous cette arme ?

— Tous.

— Comment étaient-ils vêtus ?

— Comme nous, ou à peu près, mais ils avaient sur le dos une sorte d'image qui représentait, à ce qu'il m'a semblé, une antilope, peut-être une saïga... Ils étaient coiffés d'un bonnet de fourrure orné sur le devant d'une aigrette et d'une pierre de couleur.

La description que Hankô me fit de leurs montures, de leur taille, de leur robe et de leur allure, rappelait singulièrement ces tarpans de la toundra que nous voyons passer, rapides comme le vent, en hardes serrées, et que nous hésitons à prendre en chasse en raison de la vitesse de leur galop. Leur tendre des pièges, les guider vers un précipice comme le font certaines peuplades, c'est un procédé qui nous répugne car il occasionne un gâchis de gibier. Nous ne pourrions en venir là qu'en cas de famine, mais, les Puissances en soient remerciées, cela ne nous est pas arrivé depuis des générations.

Ces révélations me laissèrent abasourdi mais rassuré sur un point : à mon avis, il ne pouvait s'agir que de nomades à la recherche d'un site favorable à leur subsistance, et nos territoires de chasse sont bien pourvus en gibier de toute nature. Ils commettaient une faute en prélevant leur viande fraîche sans demander la permission au chef de notre tribu, mais s'ils ne faisaient que passer, nous ne pâtirions guère de leurs sévices. D'ordinaire ils traversent nos terres plus au nord, et, d'ailleurs, nous les évitons comme la peste car ils portent avec eux, disent les Anciens, des signes de malheur. Je préférais attendre pour y croire que ces racontars se vérifient. J'allais être comblé au-delà de mon souhait.

Il me semblait donc évident que ces gens traversaient nos possessions sans intention de nous nuire. Restait le mystère de cette arme dont Hankô venait de me faire la description détaillée.

Nous devions à tout prix imposer à Hankô et à ses compagnons le silence sur cette affaire qui eût risqué, en étant divulguée, de compromettre notre prochaine campagne de chasse d'hiver dont les préparatifs allaient débuter.

Hankô était d'accord avec moi. Nous nous contenterions pour l'immédiat de nous rendre à la chefferie et d'informer l'Abba de cette rencontre, ce qui était la moindre marque de respect pour son autorité. Si Hankô était venu me trouver en premier, c'est que nous sommes voisins et qu'il a confiance en ma sagesse et en mon expérience. Je n'éprouve pour cette jeune brute qu'une sympathie distante, exempte de quelque forme d'amitié que ce soit. L'estime que je lui porte ne concerne que ses qualités de maître de chasse, son courage et une puissance physique exceptionnelle.

Nous trouvâmes l'Abba au retour de sa promenade quotidienne à la source voisine de nos abris, au pied de la falaise, où, accompagné et soutenu par ses femmes, il va faire ses ablutions sacrées. Comme son âge et ses infirmités lui interdisent de monter et de descendre échelles et escaliers, on utilise, pour lui permettre d'accéder à la source, un système de treuil doté d'un panier de lianes dans laquelle il prend place. Pour longer nos terrasses et se rendre à la chefferie, il s'aide d'un bâton et chemine à pas menus, soutenu aux aisselles par ses deux compagnes, Tara et Sabel.

Hankô n'aime guère notre vieux chef, jaloux qu'il est de son autorité. C'est lui qui lui a donné le surnom de Vieux-Débris, une expression irrévérencieuse mais qui lui sied parfaitement, je dois en convenir. Il n'obéit qu'à contrecœur aux consignes et aux ordres venus de la chefferie, et ne manque aucune occasion de lui montrer son désaccord et son mépris.

Hankô m'a dit un jour, après une dispute avec l'Abba :

— Ce Vieux-Débris, quand va-t-il se résoudre à aller rejoindre ses ancêtres ? Il n'a que la peau sur les os et ses femmes sont obligées de lui mâcher sa viande ! Aveugle et à moitié sourd qu'il est, privé de bon sens, comment tolérer qu'il préside encore le conseil des Anciens ? C'est toi, Marah, qu'on devrait désigner pour le remplacer...

— Hankô, ai-je répondu, je suis trop vieux moi-même pour assurer l'autorité sur la tribu, et d'ailleurs je n'en ai pas le goût. Il faut s'armer de patience. Les Puissances ne tarderont pas à nous l'enlever, et je souhaite qu'un jeune prenne sa place. Peut-être toi, Hankô...

Il s'était rengorgé, avec un sourire de reconnaissance.

Je n'avais guère moi-même d'estime pour Vieux-Débris, et il me le rendait bien, car il m'a longtemps prêté, à tort, je le répète, des ambitions qui ne m'ont jamais effleuré. Le respect que je témoigne aux lois de la tribu m'interdit toute rébellion, et mes contestations sont toujours enrobées de sagesse et de modération. En outre, je ne peux oublier que notre vieux chef fut autrefois un chasseur prestigieux, un meneur d'hommes, un sage. En revanche, ses décisions sont souvent marquées d'une fantaisie parfois dangereuse ou d'un autoritarisme outrancier.

Nous le vîmes sortir avec des efforts de sa nacelle, proférant des insultes à l'égard de ses femmes, les menaçant de son gourdin. Il se laissa tomber sur sa paillasse, tendit ses mains vers la fosse à feu et réclama à grands cris sa tisane. S'il était à moitié sourd, il n'était pas muet et savait se faire entendre.

Après nous avoir demandé de nous nommer, il frappa de la pointe de son bâton les emplacements qu'il nous réservait, assez près de lui pour que nous n'ayons pas à hurler pour nous faire entendre.

— Qu'est-ce qui vous amène ? dit-il. Toi, Marah, parle !

— Je préfère, répondis-je, que Hankô parle le premier. Il a des choses importantes à t'apprendre.

Il leva vers la voûte de son abri son regard blanc d'aveugle, répéta « important », comme pour nous signifier que rien ne pouvait l'être plus que ce qui intéressait le sac d'os qu'il était devenu. Il cracha dans le feu, manifestant ainsi le mépris dans lequel il tenait le jeune chasseur.

— Avant de t'importuner, ajoutai-je, Hankô va te faire un présent, avec le respect qu'il te doit.

Je montrai à mon compagnon l'oie encore vivante, bien que blessée, qu'il portait à la ceinture, et lui fis signe de l'offrir au chef, lequel, après l'avoir tâtée, la tendit à ses femmes en leur disant qu'elle était maigre mais qu'il s'en contenterait. Tara l'enferma entre ses cuisses et lui tordit le cou. Sans daigner le remercier, Vieux-Débris lança à Hankô :

— Eh bien, parle, mon garçon, mais sois bref !

Hankô répéta son récit en l'abrégeant. L'Abba l'écouta avec attention en buvant sa tisane de baies de genièvre dans un crâne de renne, cracha dans la cendre et marmonna je ne sais quoi dans sa barbe, en fronçant les sourcils.

— J'aimerais être certain, dit-il, que tu n'as pas inventé cette histoire pour te rendre intéressant. Qu'en penses-tu, Marah ?

— Tu peux convoquer les trois autres témoins. Ils raconteront la même chose.

— C'est une affaire peu banale, dit-il en bâillant. Il faudra que j'en informe le conseil. Maintenant, laissez-moi. Il faut que je dorme. Cette promenade m'a fatigué.

Je protestai d'une voix dont je maîtrisais mal la colère.

— Pardonne-moi, mais c'est maintenant qu'il faut agir. Je ne crois pas que ces nomades soient des gens dangereux, malgré cette nouvelle arme dont ils disposent, mais nous devons rester vigilants et veiller à ce que personne ne s'aventure jusqu'à leur campement.

Il torcha d'un revers de poignet ses yeux qui laissaient suinter des humeurs séniles et lâcha :

— Je ne suis pas de ton avis, Marah ! Tout étranger qui ne se fait pas connaître de moi est un ennemi en puissance. Ceux dont tu parles ont commis une faute : venir camper sur nos terres sans notre permission. Laissons-les s'installer et nous n'allons pas tarder à en voir arriver d'autres, par tribus entières ! Ce sont des nomades, soit, mais, s'ils trouvent chez nous un milieu qui leur convienne, ils resteront. Nous risquons d'être envahis, pillés, attaqués, peut-être soumis à leurs lois...

Secoué par une violente quinte de toux, il expectora, réclama de l'eau que Sabel alla puiser dans le cuveau de pierre alimenté par les gouttes qui suintaient du plafond.

— Ces risques, dis-je, ne sont pas à écarter. Je reconnais là tes qualités de sagesse et de prévoyance.

— Que proposes-tu ?

— De leur envoyer quelques-uns des nôtres, des membres du conseil de préférence, pour connaître leurs intentions. Ne font-ils que passer ou souhaitent-ils s'installer à demeure ? De toute manière, il faudra négocier. Tenter de leur interdire notre territoire pourrait les indisposer, en faire des ennemis. Nous devons nous méfier d'eux. Ces chevaux qu'ils ont domestiqués, cette nouvelle arme...

— On ne négocie pas avec des envahisseurs et des voleurs ! glapit Vieux-Débris. De toute façon, rien ne se fera tant que le conseil n'aura pas été informé. Ce sera fait dès demain... Reviens me voir à la même heure, avec Hankô, mais je vous dispense de me faire un présent !

Le lendemain, en sortant de la chefferie, j'avais le feu aux joues et de la colère plein ma tête et mon torse.

Vieux-Débris venait de nous annoncer le verdict des Anciens :

— Nous avons choisi, m'avait-il dit, de prendre une décision énergique. Pas question de négocier ! Ce serait faire trop d'honneur à ces nomades. Notre intention est de capturer l'un d'eux, de le ramener aux Grandes Falaises pour apprendre de lui les intentions des siens, et de savoir ce qu'il en est de cette fameuse arme qui vous fait si peur.

Incapable de retenir mon indignation, je m'écriai :

— Un enlèvement ? Mais ce serait considéré comme un acte de guerre !

Il bredouilla, un peu gêné, semblait-il :

— La guerre... Comme tu y vas ! C'est une simple précaution. Nous relâcherons notre proie et, si elle se montre docile, nous lui ferons un cadeau ! J'ai dit. Allez !

Je passai le reste de la journée à m'informer auprès des membres du conseil des raisons qui avaient pu les inciter à prendre cette décision absurde, alors qu'une simple négociation aurait pu nous éviter bien des déboires. Ils baissaient la tête, répondaient évasivement, embarrassés qu'ils étaient.

— Il faut nous comprendre, me dit l'un d'eux, Dwenô. Le projet que nous avons adopté vient du chef. Il nous l'a pour ainsi dire imposé. Il ne s'est pas élevé une voix pour lui faire entendre raison. Moi-même...

Je n'avais qu'un vague mépris pour le chef, mais je sentis alors un mouvement de haine monter en moi. Je me gardais d'adhérer à l'intention de quelques jeunes, des amis de Hankô pour la plupart, qui envisageaient de débarrasser la tribu de ce vieil autocrate dangereux en le faisant basculer dans le vide du haut de nos terrasses. J'eus du mal à les convaincre que nous n'aurions pas à recourir à ce moyen extrême : ses jours étaient comptés.

Curieusement, Hankô n'était pas hostile à la décision des Anciens, partisan qu'il était des solutions radicales, mais son avis était teinté de fatalisme :

— Les Puissances décideront de la réussite ou de l'échec de ce projet. Notre destin est entre leurs mains. Le conseil propose et elles disposent...

En attendant que le conseil eût choisi la date à laquelle entreprendre la capture du nomade, je me rendis à l'atelier de taille de silex, que le maître des Pierres, Bandwa, a installé dans une cavité large et profonde, à l'extrémité septentrionale de nos terrasses. Elle ouvre sur une petite vallée latérale verdoyante, sorte d'encoche entre deux murailles de falaises, au-dessus du ruisseau du Renard qui se jette à quelques pas, au milieu des remous, dans la rivière. Son atelier est précédé d'une petite terrasse largement ébréchée sur ses bords et limitée par une barrière de branchages, pour éviter les chutes dans le vide. Il y a entassé, d'une part, des déchets de taille qui, ce matin-là, après la pluie matinale, brillaient comme une constellation, de l'autre, un monceau de rognons vierges, encore maculés de glaise.

Il vient en permanence de cet atelier largement ouvert, fréquenté par une dizaine d'apprentis tailleurs, une rumeur ponctuée de chants et d'éclats de voix du maître. Ce matin-là, l'atelier bourdonnait d'activité comme une ruche au printemps.

Mon ami Bandwa est reconnu par tous, à des journées de marche à la ronde, comme le plus habile fabricant de lames de sagaies, de racloirs, de burins, d'aiguilles et d'autres objets d'utilité courante. Sa renommée s'est étendue des tribus des montagnes

Vertes à celles des mangeurs de coquillages, et jusqu'à celles qui occupent les terres glacées du septentrion, domaine de la toundra et de la steppe. Si Bandwa a consacré sa vie à son art, il n'a pas choisi cette voie par vocation mais à la suite d'une blessure contractée dans sa jeunesse, un ours des cavernes lui ayant emporté une partie de la cuisse, le réduisant ainsi à une activité sédentaire. Il passe à juste titre pour avoir un caractère difficile ; il n'est pas un de ses apprentis qui eût échappé à ses colères, mais aucun d'entre eux ne pourrait en dire du mal ou critiquer son enseignement.

Il m'a déclaré récemment :

— Le chasseur et son arme ne font qu'un. Le gars qui part pour la chasse avec une arme ébréchée et mal ligaturée est indigne d'affronter quelque gibier que ce soit. Je pourrais te dire le caractère d'un chasseur rien qu'à voir l'arme dont il se sert. C'est pourquoi je tiens à ce que mes élèves, en quittant mon atelier, soient capables de tailler convenablement une arme ou un outil. Il faut que ce soit irréprochable, tu comprends ! Si ça ne l'est pas, je me sens responsable, et j'en perdrais le sommeil... Il m'arrive d'accueillir dans mon atelier de pauvres bougres incapables de repérer le point de frappe du rognon que je leur mets entre les mains. De vrais manchots ! Pourtant ce sont ceux qui m'intéressent au premier chef. Pourquoi ? Parce qu'ils ont tout à apprendre, qu'ils sont pour ainsi dire vierges de toute connaissance. Ce sont mes chouchous : tout ce qu'ils sauront, ils le tiendront de moi. Les autres, les petits merdeux qui croient tout savoir avant d'avoir rien appris, je leur botte le cul avec délices, et je leur en fais baver, tu peux me croire ! Tu en sais quelque chose, Marah ! Quand tu m'as confié tes deux fils, ils ne se prenaient pas pour de la crotte de renne sous prétexte qu'ils avaient réussi à harponner un saumon. Il m'a fallu du temps et de la patience pour les dresser, et ils ont porté longtemps l'empreinte de ma verge de noisetier sur leurs fesses. Aujourd'hui, ils peuvent te fabriquer une lame de sagaie, le temps que tu ailles pisser...

Une autre raison aurait pu interdire de contester l'utilité de cet atelier ; il était précieux pour nos échanges avec des tribus voisines, alliées ou amies, aussi lointaines fussent-elles : nous fournissions en pierres taillées des tribus comme celles de la Grande Eau, contre des pochons de sel, du poisson séché et la graisse de baleine échouée qui alimentait nos lampes.

J'aime bien Bandwa, son langage franc et rude qui fait régner dans son atelier une crainte salutaire ou la bonne humeur, selon les circonstances. Nous lui avons confié la petite sagaie découverte par Abela en lui demandant de l'examiner de près. Il s'est exclamé :

— Mille tonnerres ! Qu'est-ce que cette chose ? Jamais vu ça ! Et ça sert à quoi, ces plumes taillées ?

Il s'est gratté la barbe avant d'ajouter :

— Tout ce que je peux ajouter, c'est que cette pointe est une pure merveille. Le gars qui l'a taillée n'était pas manchot. Et cette ligature... Tire dessus, elle résiste foutrement ! Quant au fût... Ben, c'est du bois de noisetier. Cette encoche, à la base, va savoir à quoi elle sert !

Il brandit l'arme à l'horizontale, la dirigea vers l'anfractuosité où avait poussé un arbuste en visant le tronc, manqua son coup.

— Pour un mystère, dit-il, c'est un sacré mystère. Cette arme doit avoir son utilité. J'ignore qui sont les hommes qui l'ont imaginée et fabriquée, mais quelque chose me dit qu'il ne serait pas bon de se mesurer à eux. Si ce sont tes nomades, je leur tire mon chapeau.

Je lui relatai mon entrevue avec Vieux-Débris et la décision qu'il avait imposée au conseil. Il maugréa :

— Cette vieille ganache ! Aller provoquer ces gens serait la pire des folies. Mieux vaudrait tenter de négocier avec eux et de leur réclamer un tribut pour le gibier qu'ils pourraient prélever sur leur passage.

— C'est bien mon avis, mais tu connais l'Abba...

— Si je le connais... Quand il a une idée dans sa vieille caboche, autant cogner sur un mur pour l'en faire démordre !

Il me rendit l'arme et pénétra en hurlant dans son atelier où, en son absence, régnait un joyeux désordre.

— Qu'est-ce que c'est que cette chienlit ! s'écria-t-il. Au travail, morveux ! Aweid, qu'est-ce que c'est que ce travail ? Un harpon avec trois barbelures d'un côté et deux de l'autre... Refais-moi ça en vitesse ! Et toi, Beugh, tu appelles ça un racloir ? Reprends-le, et gare à tes fesses ! Bien, Denkô, bien... cette lame de sagaie a de l'allure. Taille des stries à la base pour qu'elle tienne mieux au bois.

Se retournant vers moi, il ajouta :

— Tu vois, Marah, il faut avoir l'œil à tout pour arriver à faire de ces garnements des êtres civilisés...

Une deuxième réunion du conseil avait eu lieu afin de fixer la date de l'expédition destinée à capturer un nomade et de désigner ceux qui devraient s'en charger. L'Abba me convoqua peu après pour m'annoncer les décisions prises.

Il paraissait d'humeur allègre, ce qui, paradoxalement, ne laissait présager rien de bon. Il se racla la langue avec une lame de pierre, cracha jaune dans la cendre et me proposa de prendre place près de lui et de son oreille. Il m'offrit une rasade de jus de mûre fermenté que j'acceptai. Puis il me dit :

— Mon conseil est d'avis que nous devons agir vite dans cette affaire, de manière à ne pas être pris au dépourvu au cas où ces nomades viendraient nous chercher noise. Nous allons dès aujourd'hui installer des postes de surveillance le long de la rivière. Il conviendra ensuite de capturer un de ces nomades et nous le ramener. Cela, dès demain. Pour cette opération délicate, nous avons choisi le plus audacieux de la tribu : Hankô. Il sera assisté par le plus sage : toi, Marah.

La stupeur me fit suffoquer. Je protestai avec vigueur :

— Moi ? A mon âge... Le conseil aurait pu faire un meilleur choix. En cas d'alerte, j'aurai du mal à prendre la fuite.

— La décision du conseil est sans appel. Il faut obéir.

— S'il doit en être ainsi, et si cette opération échoue, je demande à ne pas en être tenu pour responsable.

— Tu as ma promesse, mais j'ai la certitude que vous n'échouerez pas. Nous ne pouvions, de toute manière, faire un meilleur choix. Sankô s'est mis en prière. Les Puissances nous sont favorables. Hankô m'a donné son accord sans la moindre réticence. Un refus de ta part t'aurait mis au ban de la tribu.

En retournant dans mon abri, j'avais les jambes molles et l'esprit plein de confusion. La décision du conseil m'honorait, mais je regimbais devant la perspective de sacrifier ma vie pour une opération douteuse et dangereuse, malgré le soutien des Puissances.

Je passai le reste du jour à vérifier la solidité de mes armes et leur tranchant, en espérant ne pas avoir à les utiliser. Un combat contre les nomades m'aurait été fatal. Je me disais que, mes fils présents, je les aurais désignés pour me remplacer, mais j'ignorais où ils se trouvaient ; ils avaient émigré dans les montagnes du Sud et ne revenaient aux Grandes Falaises qu'à la belle saison, et pour un bref séjour. Je choisis des vêtements légers en cas de retraite précipitée et un bagage des plus sommaires.

— Où vas-tu encore ? me demanda la plus jeune de mes femmes, Adulah.

— Tu ne t'arrêteras donc jamais ! glapit Cofia. Avec la pluie qui tombe, tu risques d'attraper un mal de poitrine, et qui te soignera ? Nous, évidemment...

J'inventai une fable : le repérage d'un troupeau de rennes descendant des montagnes Vertes pour gagner les steppes du Nord à l'approche du froid.

— Pourquoi ne laisses-tu pas la place aux jeunes ? protesta Adulah.

Je faillis répliquer que cette décision aurait dû la réjouir, qu'elle pourrait mettre mon absence à profit pour aller baguenauder avec l'un des fils de mon voisin, Kôm, qui ne lui cachait pas le désir qu'il avait d'elle, et auquel elle ne se faisait pas faute de répondre, mais je repoussai l'idée d'une querelle inopportune dans mon état d'esprit.

Je retrouvai Hankô dans la soirée, occupé à confectionner un caisson de pierre pour protéger ses provisions d'une incursion nocturne des renards. Il se réjouissait du compagnonnage qui allait nous réunir pour une journée ou deux. Je ne partageais pas sa satisfaction mais me gardai de le lui dire. Il vivait seul dans sa tanière située sur la terrasse inférieure, proche de la mienne, depuis son veuvage, son épouse étant morte des suites de ses violences. Le désordre et la saleté y régnaient en permanence ; des ossements traînaient un peu partout, et l'odeur qui s'en dégageait donnait la nausée à mes femmes.

— J'ai pleine confiance dans notre mission, me dit-il. Avec toi à mes côtés et le soutien des Puissances, je sais que nous la mènerons à bien et que nous reviendrons sains et saufs. Nous en tirerons de la gloire et j'aurai toutes les filles de la tribu à mes pieds !

Robuste, courageux, Hankô s'était laissé convaincre aisément du caractère sacré mais fallacieux de cette mission absurde. Vieux-Débris lui avait même promis de sacrifier une chèvre sauvage qui s'était brisé une patte en chutant dans les éboulis voisins. Il s'était bien gardé de me mêler à ces simagrées ; je lui aurais ri au nez.

Alors que la lune émergeait des crêtes du levant, je me rendis avec quelques chasseurs du conseil à la cérémonie propitiatoire qui se déroulait autour du foyer tribal, sur un espace désert, entre les falaises et la rivière, où Sankô allait officier. Je n'assistais qu'à mon corps défendant à ces cérémonies héritées d'un passé lointain et obscur où l'homme n'avait pas encore conscience de son propre destin et ne décidait rien sans l'avis et le secours des Puissances.

J'occupai la place qui me fut désignée, à la droite de l'Abba. Hankô s'assit à sa gauche. Malgré la fraîcheur de la soirée, son torse musculeux constellé de colliers de dents d'ours était nu.

L'Abba demanda notre secours pour se lever et, appuyé à son gourdin sculpté de têtes de renne, rappela à l'assemblée la raison de cette cérémonie magique : faire en sorte que les Puissances nous renouvellent leur confiance et leur appui. Il se réjouit de ce que le secret de notre expédition eût été bien gardé et fit signe qu'on amenât l'animal sacrificiel : la chèvre blessée recueillie quelques jours avant. Sankô leva vers elle son visage peint de signes tracés à la graisse d'ocre qui, sous l'effet de la chaleur, fondait sur ses joues en larmes de sang. De la pointe d'une lame de sagaie datant des temps anciens, il grava quelques signes sur une pierre plate posée sur ses genoux et proféra à voix basse des invocations dans une langue connue de lui seul, avec d'étranges hoquets, comme sous la piqûre d'une guêpe.

Après avoir avalé le liquide contenu dans une corne de bœuf plantée dans le sol, Sankô prononça mon nom d'une voix forte. Je sursautai. Il me désigna la chèvre en me priant de procéder moi-même au sacrifice. Je me serais bien passé de cet honneur, moins par sensiblerie, car le chasseur que je suis est habitué à faire couler le sang des bêtes quand c'est nécessaire, mais en raison du caractère archaïque de cette tradition, indigne des êtres évolués que nous prétendons être.

J'attachai les pattes de la victime qui bêlait à fendre l'âme, saisis le couteau consacré aux sacrifices que me tendit Sankô, et, après avoir fait mine de me recueillir, je lui ouvris la gorge. J'eus la faveur de boire le premier sang, puis je tendis la coupe à Hankô, qui fit de même d'un air recueilli, avant de la faire circuler à la ronde.

Il se fit ensuite un long silence, troublé seulement par le crépitement du feu, les miaulements lointains des hyènes, le coassement des grenouilles dans les marécages et le murmure de la rivière entre les blocs de rochers qui encombrent la berge.

Le corps encore palpitant de la petite chèvre fut partagé par mes soins entre les membres de l'assemblée, la peau étant réservée à l'Abba, le cœur et le foie au sorcier qui les dévora tout crus.

Alors que l'assistance se dispersait, après de longues et bruyantes palabres, Hankô me dit :

— Il faudra partir au lever du jour. Je passerai te prendre. Nous aurons une longue journée de marche avant de repérer le campement des nomades...

Nous partîmes sans crainte et sans précautions superflues : la contrée que nous allions traverser, au-delà de nos territoires, n'était guère fréquentée que par des chasseurs isolés, venus d'autres tribus. Nous évitâmes la vallée des Roches, lieu de rencontre des femmes stériles qui viennent adorer l'idole de la fécondité, gravée dans le roc. De même nous passâmes au large de la rivière des Eaux-Mortes, plus abondante, dans ses méandres paresseux, en batraciens et en serpents venimeux qu'en saumons ou en truites. Ces lieux sont habités par des tribus qui, sans nous être hostiles, ne nous portent pas dans leur cœur.

La pluie, balayée par un vent âpre qui sentait la neige, avait cessé. Au-dessus des collines coiffées de bois de bouleaux et de mélèzes, des espaces de ciel d'un bleu intense frangeaient la draperie grisâtre des nuages.

Au cours d'une pause, alors que nous étions en train de mâchonner un filet de poisson séché, Hankô sursauta, poussa un juron et me dit :

— Tu vois ce que je vois ? Regarde bien, ces traces, là, autour de cette flaque...

Je m'approchai et examinai l'endroit qu'il m'indiquait. Mon cœur se serra. Les empreintes qui étaient marquées distinctement dans la boue, larges quatre fois comme une main, ne pouvaient être que celles d'un mammouth. Un solitaire sans doute, car aucune autre ne l'accompagnait, et de belle taille. Je restai un moment à les contempler, à imaginer le mastodonte en train d'écraser de sa démarche pesante les laîches et les sphaignes, bouleversé à l'idée que nous pourrions le trouver sur notre chemin, l'examiner à loisir, sinon lui donner la chasse, car, de mémoire d'homme, on n'a jamais vu deux chasseurs affronter un tel monstre. La folie de ma jeunesse, cet exploit qui m'avait valu ma renommée de chasseur de mammouths, je ne connais personne, à part peut-être mon compagnon, qui pût avoir l'audace de la renouveler. Elle ne se produit, m'ont affirmé les Anciens, qu'une fois par génération, et encore...

L'esprit embué par l'ivresse familière au chasseur en présence du gibier, à laquelle s'ajoutaient, par vagues, les émotions que j'avais jadis ressenties en affrontant et en tuant l'un des derniers mammouths qui se hasardent encore sur nos territoires, je fis signe à Hankô de reprendre la route.

— Ce vieux trognon ! s'écria-t-il, il faudra bien qu'un jour on ait sa peau.

— Mieux vaut le laisser en paix, Hankô. De toute manière, il semble trop vieux et sa chair ne vaut rien.

J'eus envie d'ajouter : « Ce que tu souhaites, Hankô, c'est obtenir une réputation égale à la mienne, mais, pour renouveler mon exploit, il faut un grain de folie que tu n'as pas... »

L'espace de quelques générations, la nature du gibier et les méthodes de chasse ont bien changé. Les vieux chasseurs, dépositaires de la mémoire de nos tribus, évoquent avec émotion et regret des temps fabuleux où les ancêtres de leurs ancêtres traquaient des animaux aujourd'hui disparus, dont ne restent, dans quelques abris, que des trophées ornant les parois : le mammouth, bien sûr, mais aussi l'antilope saïga, le cerf élaphe géant, le bœuf musqué... Il n'en subsiste, dans les immensités désertiques des montagnes Vertes, qu'un reliquat qui, de temps à autre, descend jusqu'à nous, comme pour nous rappeler les grandes chasses des temps immémoriaux. Cette faune géante s'est raréfiée avant de sombrer dans l'oubli ; elle a suivi la lente régression des glaciers et des grands froids. D'autres animaux, conduits vers nos territoires de chasse par la clémence relative du climat, ont pris la place de ces animaux de légende. Ce sont eux qui, depuis des temps, assurent notre subsistance, et les Puissances font en sorte qu'ils suffisent à nos besoins.

Nous n'étions pas au bout de nos surprises. Hankô, qui me précédait de quelques pas, marqua un arrêt, mit un genou à terre et s'écria :

— Une bouse ! Regarde, Marah...

Je me penchai à mon tour devant un monticule gros comme trois ou quatre taupinières, d'où dépassaient des filaments d'herbe et des brindilles. Hankô plongea un doigt dans cette boue infâme, le renifla, décréta que ces excréments devaient dater de moins d'une journée, et conclut que le mastodonte ne devait pas être très éloigné de nous. Une autre empreinte, plus nette que les précédentes, nous révéla, sur le coussinet central, large d'un pied, une entaille profonde que justifiait la démarche hésitante du vieux solitaire.

Notre mammouth, nous l'observâmes un peu plus loin, avait dû gratter sa pelisse de jarres contre un gros rouvre, peut-être pour se débarrasser de la vermine qui l'importunait, car l'écorce, arrachée par endroits, portait encore des filaments de poils et de duvet. Hankô préleva quelques jarres brunâtres qu'il glissa dans sa ceinture.

— Je les tresserai pour m'en faire une ceinture ou pour coudre des peaux, me dit-il en riant. C'est du fin et du solide...

Il me raconta en cours de route, alors que nous avions dépassé l'endroit où il avait aperçu un passage de nomades, qu'il avait jadis participé à une chasse au mammouth. C'était à des jours de marche des Grandes Falaises, dans les solitudes inhumaines des montagnes Vertes. Les rares tribus qui hantent ces lieux recouraient à une méthode éprouvée mais cruelle pour chasser ce mastodonte : les hommes s'approchaient le plus près possible de lui, et, profitant de son sommeil ou de son bain, lui plantaient leur sagaie ou leur épieu sous une patte antérieure, aussi profond que possible ; le pauvre animal traînait cette arme, parfois durant des jours, sans parvenir à l'arracher, perdant son sang et ses forces jusqu'à se laisser tomber sur le flanc dans l'attente du coup de grâce.

— Tu me connais, ajouta-t-il. Je ne suis pas tendre, mais j'ai mal supporté ce supplice. J'ai engueulé ces sauvages et j'ai foutu le camp sans réclamer ma part de viande.

— Le mammouth n'est pas un gibier comme les autres, lui dis-je. Il ne se laisse pas massacrer sur place, comme le renne ou le bœuf musqué. Je le considère comme un animal sacré, une créature protégée par les Puissances, qui mérite d'être chassé avec des égards. A ce que dit Sankô, les pères de nos pères le vénéraient comme une réincarnation de l'homme et en avaient fait sinon un ami, du moins un allié. Ils ne le chassaient que lorsqu'il était vieux ou malade, ce qui peut être considéré comme un service à lui rendre...

Nous poursuivîmes notre progression sous un soleil encore tiède et un vent léger qui faisait papillonner autour de nous les premières feuilles mortes. Sans Hankô, je me serais perdu dans cette contrée. Nous étions si loin des Grandes Falaises, près des limites de nos territoires de chasse, que Hankô avait du mal à retrouver la bonne direction, et que nous cheminions un peu au hasard, en quêtant la moindre trace de sabots d'un tarpan.

Sous prétexte d'emprunter un raccourci vers des hauteurs d'où nous aurions peut-être la chance d'apercevoir des fumées, il choisit de s'engager dans un ravin encastré entre de puissantes avancées de roches dominant des champs de roseaux où nous faillîmes nous enliser. Nous perdîmes un temps précieux, alors que la nuit allait tomber, à revenir sur nos pas.

Après avoir longé une immense tourbière peuplée de cerfs et de quelques bisons qui nous regardèrent passer avec indifférence, nous traversâmes une steppe où les premiers feux du soir faisaient scintiller des bouquets de bouleaux. Un grondement sourd nous annonça ce spectacle auquel nous étions peu accoutumés : le passage d'un troupeau de tarpans affolés par notre présence. Ils traversèrent l'espace comme une tornade, crinière ébouriffée, les poulains comme agrippés au flanc des mères.

— Si ma mémoire est bonne, dit Hankô, nous devrions trouver là un abri pour la nuit. Je me souviens de cette roche en forme de tête de bœuf. Il y a une caverne juste au-dessous. Avec un peu de chance, nous la trouverons libre.

Cette cavité étroite avait été occupée récemment par des hyènes. Dans la pénombre où régnait une puanteur cadavérique s'entassaient des ossements, des charognes et des excréments caractéristiques.

— Elles sont parties depuis peu, dis-je, mais il est à craindre qu'elles reviennent cette nuit. Nous avons intérêt à faire du feu et à l'entretenir. Le combustible ne manquera pas. Ces ossements nous seront utiles...

Tandis que je m'occupais à faire une flambée, Hankô escalada la falaise jusqu'au sommet, d'où la vue embrassait des espaces de solitude. Il revint tout joyeux, me secoua par les épaules.

— Nous sommes près du but, me dit-il. Je viens d'apercevoir des fumées. Les nomades sont là, mon vieux Marah ! A notre portée...

— Il va falloir redoubler de prudence.

Prévoyant cette éventualité, j'avais alimenté notre feu de bois et d'ossements secs pour éviter de faire de la fumée. Une bonne chaleur se répandit dans la caverne. Nous fîmes notre repas des escargots que j'avais ramassés dans la vallée, de la viande boucanée que nous avions dans notre bagage, et du jus de mûre que mes épouses nous avaient préparé dans des cornes fermées par un bouchon de bois.

Des miaulements révélateurs interrompirent notre premier somme. Les hyènes... Elles étaient là, toute une famille, allant et venant sur le seuil, leurs yeux brillants comme des lucioles, babines retroussées, protestant contre notre intrusion qui les privait de leur repaire. L'une d'elles tenait dans sa gueule une proie qui ressemblait à un lièvre, dans l'intention de la partager avec ses petits. Hankô se mit à hurler en brandissant un brandon :

— Foutez le camp, sales bêtes ! Allez, ouste ! Y a pas de place pour vous !

Les hyènes continuèrent leur manège puis la peur du feu et notre présence les éloignèrent. De toute manière ces bêtes nauséabondes ne chassent que la nuit.

Ce ne sont pas les hyènes qui nous réveillèrent, mais un mouvement venu du fond de la cavité, accompagné d'un froufroutement et de sifflements aigus. Toute une tribu de roussettes sortait par vagues, énormes et noires, ailes largement déployées, des profondeurs de la caverne qui leur servait de refuge pour la nuit. Nous avons trouvé de ces volatiles de grande envergure dans certaines cavernes des Grandes Falaises et les avons délogés pour y installer des familles, car ces bestioles inoffensives font peur aux femmes et aux enfants. Les roussettes s'éparpillèrent dans le matin pour aller se percher dans un haut châtaignier où elles resteraient suspendues comme des loques sombres durant tout le jour.

Hankô, qui s'était aventuré vers le fond de la galerie en s'éclairant avec un brandon, me dit au retour :

— C'était l'abri d'une famille d'ours, et des hommes l'ont habité après eux. Il y a encore des fosses, là-bas, dans le fond, et un alignement de crânes qui n'ont pu être déposés là que par des mains humaines. Il y a des gravures sur les parois, mais l'humidité les a abîmées.

— Il faut que je voie ça. Cette caverne était peut-être un sanctuaire.

— Trop tard ! me lança mon compagnon d'un air jovial. La visite est terminée, mais nous pourrons revenir si ça t'intéresse. Pour le moment, nous avons mieux à faire.

Le ciel, du côté du levant, se colorait d'une lumière couleur de fraise écrasée. Hankô en conclut que la journée serait belle mais venteuse. Nous n'étions plus très éloignés du campement de nomades que mon compagnon avait repéré la veille. Nous nous en approchâmes avec précaution, l'œil et l'oreille aux aguets, séparés l'un de l'autre d'un jet de sagaie, avec nos sifflets de chasse en os pour communiquer.

Les fumées étaient de plus en plus distinctes, dans le matin d'une limpidité de source. De loin, Hankô me fit signe de le suivre au sommet d'une éminence coiffée d'un bouquet de mélèzes et d'un chaos rocheux aux formes étranges. De là-haut, nous pourrions observer les nomades et surveiller leurs évolutions.

Une fois parvenus au sommet, nous aperçûmes le camp dans toute son ampleur : une dizaine de tentes de peau ornées d'images peintes d'antilopes saïgas, semblait-il, qui laissaient la fumée s'échapper par le haut du cône. Des hommes et des femmes allaient et venaient autour de foyers en plein air, débitaient sur des perches le cadavre d'un cerf, entourés par des quadrupèdes qui avaient l'apparence du loup ou du renard. Aux abords du camp, non loin de la rive d'un petit lac, des chevaux paissaient librement, remuant leur queue touffue et leur crinière fauve.

— Des chevaux... murmura Hankô. Ils ont réussi à domestiquer des chevaux. J'aimerais savoir comment ils s'y sont pris... Ce sont des bêtes magnifiques. Si nous en ramenions un, Vieux-Débris serait fou de joie.

— Contentons-nous d'accomplir notre mission, sans le moindre excès de zèle et en évitant toute imprudence. Cependant, si l'occasion se présente et ne comporte aucun risque...

Comme tous nos chasseurs, j'éprouve un plaisir sans mélange à voir passer en rafale ou paître en toute tranquillité ces tarpans véloces, élégants malgré leurs formes massives. De temps à autre, de plus en plus rarement il est vrai, nous les apercevons, en cavalcade dans les parages des Grandes Falaises, sans que l'idée nous vienne de leur courir après, ce qui serait voué à l'échec. Leur chasse est difficile, sinon très dangereuse. Certains de nos hommes s'y sont risqués, par défi, en tentant de les capturer à la corde par l'encolure, mais en vain. Autant essayer d'attraper les feuilles mortes que des tornades font voler sur la Petite Toundra ! Il n'y a rien à craindre de leurs morsures, mais leurs ruades sont terribles : ce sont leurs seules défenses contre les fauves friands de leur chair. Dans de lointaines contrées du septentrion, à des jours et des jours de marche de notre vallée, des hommes les chassent en les affolant et en les faisant basculer par troupeaux entiers du haut d'une falaise, mais, je le répète, cette méthode nous répugne, étant donné le gâchis qu'elle engendre. D'autres guident les troupeaux par des couloirs de branchages, vers des espaces clos où ils peuvent les massacrer sans peine à coups de sagaies, ce qui est moins barbare, car ils ne tuent que ce qui est nécessaire à leur subsistance.

Puis-je l'avouer ? J'étais déçu. Pour tout dire, j'avais espéré que les nomades seraient repartis, ce qui nous eût évité d'entreprendre cette capture stupide et dangereuse. J'étais loin de partager l'alacrité de mon compagnon et, malgré la curiosité qui m'attachait à ce spectacle, j'éprouvais une secrète envie de m'en retourner.

Tapis derrière un rideau de fougères rousses, nous restâmes un moment à l'affût, à observer la vie des nomades, à tenter d'en estimer le nombre, à distinguer les hommes des femmes, ce qui était difficile car ils paraissaient habillés de vêtements identiques.

Hankô me poussa du coude.

— Regarde, Marah ! Au fond du camp, à droite... Ça pourrait bien être notre homme...

Il me désignait un nomade qui venait à pas lents de s'éloigner des dernières tentes, en direction du parc à chevaux. Il s'approcha de l'un d'eux sans que ce dernier marquât la moindre réticence, lui jeta sur l'échine une fourrure qu'il noua d'un lien sous le ventre. Puis, avec une singulière agilité, sans que l'animal bronchât, il l'enfourcha d'un saut en maniant une lanière qui entourait la tête de sa monture, ainsi que Hankô l'avait observé lors de sa première rencontre avec des gens de cette tribu. L'homme et le cheval effectuèrent quelques tours sur eux-mêmes, comme par jeu, avant de se diriger vers le lac.

— Il doit partir pour la chasse, dit mon compagnon. Regarde bien : il porte sur l'épaule cette arme inconnue de nous et de petites sagaies à la ceinture. Sauf que c'est nous, les chasseurs, et lui le gibier...

— Il n'a pas l'air bien dangereux. Ce doit être un adolescent, si j'en juge par sa taille.

— Suis-moi ! Nous allons tenter de l'approcher sans éveiller l'attention de ceux du camp, en traversant ce champ de bruyères, sur notre droite, et en descendant vers le lac à travers les rochers.

Je dois reconnaître que cette tactique était habile, venant d'un personnage aussi fruste que Hankô. Nous avions commencé la manœuvre quand des aboiements furieux retentirent dans notre direction. Hankô me fit signe de m'accroupir et poussa un juron.

— Par les fesses de Vieux-Débris ! Qu'est-ce que ça

signifie ? Cet animal qui semble vouloir nous attaquer, c'est quoi ? Un loup, un renard ?

En fait, autant que nous pûmes en juger, étant donné la distance, cet animal tenait des deux mais ce n'était ni l'un ni l'autre : il n'avait ni leur voix ni leur allure. Encore un animal apprivoisé, mais de quelle espèce ?

Les aboiements du quadrupède avaient donné un début d'alerte. Ceux qui se trouvaient dehors regardèrent vers les bruyères, une main au-dessus des yeux ; d'autres sortaient sur le seuil de leur tente et semblaient anxieux. Le molosse se rua dans notre direction mais un coup de sifflet arrêta son élan. Il retourna sur ses pas la queue basse, en gémissant. La vie de la tribu reprit son cours normal. Nous respirions.

Après avoir longé une sorte de couloir entre les roches et les hêtres, nous arrivâmes à un terre-plein dominant la corne du lac, précédé d'une bordure de fagnes et d'herbe à mammouth.

— Notre homme ! dit Hankô. Le revoilà...

Pliés en deux, nous descendîmes à travers un champ d'airelles. Le cavalier nomade s'était arrêté pour laisser boire son cheval. Accroupi, il semblait chasser les grenouilles avec une verge. Il était assez loin du camp pour que nous opérions avec le moindre risque, et des épaules de rochers le cachaient des siens.

— Aucune précipitation ! dis-je. Présentons-nous à notre homme comme des chasseurs en maraude. Si nous l'agressions, il donnerait l'alerte, et ce loup-renard qui l'accompagne l'y aiderait.

Hankô approuva sans réserve. Nous émergeâmes du champ d'airelles et, en sifflotant, nous dirigeâmes d'un pas tranquille vers le lac qui scintillait de tous les feux du matin à travers les derniers bouquets de brume. L'homme se redressa à notre approche et sembla parler à son compagnon qui commençait à grogner et à montrer ses crocs. C'était un personnage de taille moyenne, jeune en apparence, dont le visage était à demi dissimulé par le rebord de sa capuche de peau. Il laissa tomber sa badine et nous permit d'avancer vers lui sans manifester la moindre crainte. Il nous salua dans une langue inconnue — et pour cause — et nous fit un signe. Sa voix était grêle, comme celle d'un adolescent impubère. Nous répondîmes à son salut, la main levée pour faire croire à de bonnes intentions.

— Nous avons la partie belle ! me dit Hankô. Cet avorton n'est pas dangereux. Nous allons le maîtriser sans peine. Ni vu, ni connu.

Il ajouta, comme si l'*avorton* pouvait le comprendre :

— Mon mignon, tu vas te laisser gentiment bâillonner et ligoter. Nous te voulons pas de mal. Nous allons faire ensemble une petite promenade...

Il se rua sur le garçon, inséra entre ses lèvres une lanière de cuir qu'il noua sur la nuque, tandis que je maintenais notre prisonnier qui se débattait avec des grognements de fauve capturé.

Hankô poussa un hurlement sourd : le loup-renard venait de lui mordre la jambe. Tandis que je m'efforçais de maintenir le garçon, il saisit sa sagaie et en porta plusieurs coups à l'animal qui ne lâcha prise qu'au moment de pousser son dernier soupir.

— Le cheval, dis-je, qu'allons-nous en faire ?

— Pas question de l'abandonner ! Aide-moi à hisser ce garçon sur son dos, et foutons le camp. Nous pourrions aussi emporter cette mauvaise bête. Elle doit être bonne à manger, mais elle nous encombrerait...

Sur le chemin du retour, Hankô tenait par la bride le cheval qui ne manifestait aucune réticence à nous suivre. De temps à autre, il arrêtait sa marche, poussait un gros rire et se tapait sur les cuisses. Je le surpris même à entonner une de nos chansons de chasse. Il paraissait ivre de bonheur. Je ne l'étais pas moins, mais de soulagement, et je le manifestais avec moins d'exubérance.

A la nuit tombante, nous nous mîmes en quête d'un abri. Après une journée tiède et ensoleillée, le ciel s'était couvert et la pluie s'était mise à tomber dru, mêlée à quelques flocons. Nous ne trouvâmes pour nous abriter qu'une terrasse courant sous une haute colline noire, avec un front assez proéminent pour nous protéger de la pluie et des bourrasques. Hankô m'avoua son ignorance de l'endroit où nous étions, et je ne lui fus d'aucun secours. Nous ne pouvions repérer la direction à suivre que par les mousses qui tapissaient les troncs d'arbres. En marchant tout droit nous avions une chance de nous retrouver sur le bord de la rivière Noire.

Descendu de sa monture, notre prisonnier se débattait plus fort qu'auparavant en poussant des grognements sourds. Tandis que Hankô lui liait les pieds pour lui éviter la tentation de prendre la fuite, je préparai le foyer et me mis en quête de quelques escargots et de châtaignes qui abondaient dans les parages. J'attachai le cheval à un arbre voisin en faisant en sorte qu'il eût une longueur de lanière suffisante pour brouter à son aise. Il se laissait caresser sans frémir et me regardait de ses gros yeux tristes en montrant ses dents jaunes.

Alors que je battais mes silex au-dessus de la mousse sèche, Hankô poussa un juron terrible en se prenant la tête à deux mains.

— Par les couilles du sorcier, Marah, nous avons raté notre coup ! Notre prisonnier est une fille ! Tu entends ? Une petite femelle !

Aussi stupéfait qu'il pouvait l'être, je me repris vite. Qu'il s'agisse d'un garçon ou d'une fille, nous avions rempli notre mission, et personne ne pourrait rien nous reprocher. Au fond, peu importait ! Il serait même peut-être plus facile de lui tirer les vers du nez.

Dans la lumière du feu, j'observai notre proie. Hankô avait relevé la capuche, dégageant un visage étroit et lisse d'une carnation brune, aux yeux larges et sombres, reflétant une colère froide. On devinait qu'elle devait avoir envie de mordre plutôt que d'entamer une conversation avec nous. Pour la rassurer, je lui caressai la joue ; elle se détourna vivement, cracha comme un chat des cavernes et nous décocha un regard furibond en vomissant d'une voix âpre des propos qui paraissaient peu amènes.

Je désignai Hankô, posai un index sur ma poitrine, puis sur la sienne.

— Lui : Hankô... Moi : Marah... Et toi ?

Elle resta bouche cousue et nous ne pûmes rien en tirer de toute la soirée, ce qui augurait mal de la suite des événements. Ramener aux Grandes Falaises une fille muette était sans intérêt. Si nous n'avions pas rapporté ce cheval et cette arme, cette expédition eût été sans résultat appréciable. Elle refusa de manger les châtaignes grillées que j'épluchais pour elle, se contenta de boire quelques gorgées de notre boisson et, alors que nous préparions notre nuitée, elle se mit à gémir et à pleurer à fendre le cœur.

— Décidément, bougonna Hankô, nous ne tirerons rien de cette petite femelle. Si Vieux-Débris compte sur elle pour nous préciser les intentions des nomades, il sera déçu !

Le tarpan paraissait plus loquace : il hennissait en tirant sur sa bride, avec une voix rauque, venue du plus profond de sa poitrine, comme s'il partageait l'affliction de sa maîtresse. C'était un animal tout à fait ordinaire : trapu, museau d'un blanc grisâtre, robe rousse aux poils épais et serrés qui devait bien le protéger des grands froids, marquée par endroits de tavelures rosâtres, signe de vieillesse ou d'une maladie de peau.

La nuit fut calme. Seule notre captive dormit d'un sommeil agité, en poussant de temps à autre des gémissements lamentables. Le tarpan s'agitait de même, flairant sans doute la présence de quelque fauve dans les parages.

A peine le soleil levé, nous reprîmes le chemin des Grandes Falaises sous la pluie battante.

La curiosité et l'impatience avaient, à l'annonce de notre arrivée, jeté toute la tribu sur les terrasses. Des groupes d'enfants traversèrent la rivière par le pont de lianes pour venir vers nous. A travers la pénombre du soir, nous pouvions apercevoir nos gens qui s'agitaient avec des gestes et des cris. Le secret de notre expédition avait été mal gardé...

Ce n'était pas la première fois que nous ramenions un captif. Le plus souvent, il s'agit de pauvres hères qui, remontant sur les traces de la faune des pays froids, tentent de s'approprier nos provisions, parfois les armes à la main, ou d'investir nos abris. Nous usons envers eux d'une certaine rigueur, soucieux que nous sommes de préserver à la fois notre mode de vie et notre sécurité. Après les avoir châtiés lorsqu'ils se montrent intransigeants, ou sermonnés quand ils ne manifestent pas trop d'exigences, nous les relâchons avec quelques vivres pour la route, en les mettant en garde contre les conséquences d'une récidive. Il y a peu d'exemples que certains aient tenté de se venger de notre sévérité à leur égard. Ils apprennent à leurs dépens qu'il n'est pas bon de venir se frotter à nous avec des idées hostiles.

Cette rigueur instaurée depuis des générations par nos chefs est la condition de notre survie. La tribu des Grandes Falaises est devenue, au fil du temps et des événements, un modèle de prospérité et de paix que nous nous refusons à compromettre par négligence ou par indifférence pour l'avenir. Nous avons acquis une puissance qui nous met, depuis des lunes, à l'abri des incursions des peuplades qui n'ont pas atteint notre degré d'évolution. De toute ma longue existence, je n'ai connu aucun conflit capable de mettre en péril notre mode de vie. Cela fait des envieux mais pas d'ennemis. La chasse est notre souci principal et notre unique moyen d'existence. C'est la raison pour laquelle nous tolérons mal les prélèvements intempestifs de gibier sur notre territoire. Les nomades sont les bienvenus, à condition d'avoir notre accord pour des séjours brefs. Ce n'était pas le cas pour ceux qui étaient arrivés depuis peu. Il aurait fallu négocier avec eux, obtenir un tribut. Notre Abba en a décidé autrement. Les Puissances jugeront.

Nous comptons dans notre tribu quelques familles venues d'ailleurs, que nous avons adoptées. Il y a quelques lunes, une horde de chasseurs originaires des grandes plaines du Sud, proches de l'océan, est passée par chez nous. Chassés de leur territoire à la suite d'incendies provoqués par la foudre, qui les avaient réduits à la famine, ils erraient depuis une lune à la recherche d'un asile. L'Abba a donné des ordres pour que nous les recueillions et les traitions avec humanité. Il n'a pas rencontré de réticences. Nous leur avons offert ce dont ils manquaient, nous les avons laissés libres d'aller et venir, de chasser pour leur compte, en veillant à ce qu'ils n'abusent pas de cette permission. La plupart ont repris leur exode vers le nord, sur la piste du renne ; d'autres sont restés et ne nous ont jamais fait regretter notre hospitalité. Cela fait grincer les dents de certains, mais la plupart d'entre nous tolèrent leur présence et se plaisent à les entendre s'essayer à parler notre langue. Des unions ont eu lieu entre ces gens et les nôtres, ce dont nous ne pouvons que nous réjouir, car elles apporteront un sang neuf à la tribu.

La capture de la jeune nomade posait un problème différent.

La curiosité qu'on lui manifestait était dépourvue d'hostilité. Elle était différente de nous ? Soit ! Elle ne parlait pas notre langue ? Elle l'apprendrait. Nous ne pouvions attendre d'elle des sentiments de bienveillance ou de bonne volonté, mais c'était dans l'ordre des choses.

Sur le chemin du retour, nous lui avions délié les mains, ôté son bâillon, et nous lui avions témoigné nos intentions pacifiques ; elle avait répondu à nos prévenances... par le mutisme, et elle avait refusé obstinément de nous révéler son nom. Ce comportement nous avait contrariés, mais plus encore cette arme qu'elle portait en travers de la poitrine quand nous l'avions capturée, et dont nous avions vainement tenté de lui faire expliquer l'usage. Cette petite femelle nous opposait un bloc de silence et de mépris.

— Il faudra veiller, ai-je dit à Hankô, à ce qu'il ne lui soit fait aucun mal lorsqu'on l'interrogera. La traiter convenablement sera le meilleur moyen de lui donner confiance. Avec de la patience et de bons traitements, nous pourrons l'amener à nous révéler d'où elle vient, où elle va et quelles sont les intentions de sa tribu.

— Je crains, répondit Hankô, que les choses ne soient pas aussi simples. Ce n'est pas un animal que nous venons de capturer mais un être humain. Elle doit avoir une famille. Les gens de sa tribu vont la chercher. Peut-être sont-ils déjà à notre poursuite, et nous avons laissé sur notre chemin suffisamment de traces pour qu'ils nous retrouvent. Et alors, gare ! Nous risquons d'avoir un conflit sur les bras...

La confrontation de la captive avec Vieux-Débris ne nous apprit rien, mais nous l'avions prévu. Il dut se contenter d'essuyer un monologue véhément. J'essayai de comprendre la signification de cette diatribe, mais en vain : ce langage me demeurait totalement obscur. Si au moins elle avait daigné nous révéler son nom ! Mais elle s'y refusa obstinément.

— Chante, petite femelle ! s'écria Vieux-Débris d'une voix grinçante. Tu as une voix agréable, mais ça ne nous avance guère. Si seulement tu consentais à nous dire comment on t'appelle... Moi, l'Abba... Et toi ?

Il trépignait de colère et d'impatience, menaçant de la battre, de la jeter en prison, de la noyer. Elle restait imperturbable. Il finit par se laisser tomber sur sa pierre de foyer, frappa violemment les cendres de son bâton et murmura :

— Décidément, nous ne tirerons rien de cette entêtée ! Si elle refuse de nous dire son nom, nous lui en trouverons un. As-tu une idée, toi, Marah ?

— Puisqu'elle a une jolie voix et qu'elle sait s'en servir à l'occasion, je propose que nous l'appelions Aweïda : la Chanteuse.

— La bonne idée que voilà ! glapit Vieux-Débris.

Il pointa son bâton vers elle et décréta d'un ton solennel :

— Aweïda, sois la bienvenue dans la tribu des Grandes Falaises. Je sais que tu préférerais reprendre la route avec ta tribu, mais tu es des nôtres, désormais, et nous te respecterons dans la mesure où tu le mériteras. Prise de guerre, mon enfant...

Prise de guerre : un mot malheureux. J'aurais aimé le lui faire rentrer dans la gorge.

L'Abba avait envisagé de donner la garde de la captive à Hankô, qui ne nous avait pas caché son désir de l'adopter, mais il dut y renoncer sous la pression de quelques Anciens du conseil : personne n'avait oublié les mauvais traitements que cette jeune brute avait infligés à son épouse et qui avaient entraîné la mort ; d'ailleurs la petite femelle semblait lui vouer, à la suite de je ne sais quelle agression, une haine particulière, alors qu'elle se montrait avec moi, non amicale, ce qui eût été beaucoup attendre d'elle, mais moins acerbe.

C'est donc à moi qu'Aweïda fut confiée. Je n'en éprouvai aucune satisfaction ni aucun honneur, soucieux que j'étais de préserver l'équilibre de mon foyer. Comment Cofia et Adulah allaient-elles réagir ? Accepteraient-elles de bonne grâce ? Les Puissances en décideraient... Une petite cérémonie présidée par l'Abba, quelques simagrées du sorcier sur sa pierre à sable, des invocations gutturales accompagnées d'un crépitement de baguettes sur un tronc d'arbre évidé, et Aweïda devint un membre à part entière de la tribu. C'était une méthode expéditive mais définitive, du moins pour ce qui nous concernait.

Hankô m'en voulut de cette décision. Il ne manquait aucune occasion de me faire comprendre, injustement, que je m'étais *approprié* la jeune captive. Je tentai de le convaincre que je n'avais pas sollicité ce qu'il considérait comme une faveur, mais il s'obstinait dans sa rancune et n'allait pas tarder à faire peser sur moi sa vindicte.

Vieux-Débris avait conclu la cérémonie par une phrase qui m'avait bouleversé et inquiété :

— Toi, Marah, et toi, Aweïda, unis pour la vie...

4

La captive

« Unis pour la vie »... L'Abba y allait un peu fort. Il aurait pu au moins me demander si j'acceptais de m'encombrer d'une troisième épouse, impubère, semblait-il ! A mon âge...

Je continuais à satisfaire mes femmes, selon mes dispositions et mon humeur, sans attendre d'elles les enfants qu'elles avaient, à ce jour, été impuissantes à me donner, malgré leurs dévotions aux Puissances de la fertilité, dans la vallée des Roches, un site sacré proche des Grandes Falaises. Je n'allais pas demander à cette enfant d'accorder cette ultime grâce à mes vieux jours...

Celle que mes femmes appelèrent d'emblée la Gamine ne m'inspirait qu'une tendresse à base de pitié, sans l'ombre d'une équivoque. Cofia l'avait compris d'emblée, mais Adulah avait été plus difficile à convaincre. Je me plaisais à les voir tourner autour de la nouvelle venue comme si les Puissances venaient de la faire tomber du ciel, chargée d'un redoutable mystère. Aweïda suivait leur comportement d'un regard chargé de crainte et de méfiance, prête, eût-on dit, à sortir ses griffes.

Ce manège m'amusa un temps, puis je décidai qu'il

devait cesser, car il risquait de créer dans mon ménage une ambiance délétère et pernicieuse. Elles respectèrent les consignes que je leur donnai pour apprivoiser ce « bel animal sauvage », comme disait mon voisin Kôm. L'obliger à se nourrir ne fut pas le moindre de leurs soucis, et j'y veillais avec une attention soutenue, car je me sentais responsable de ma protégée. Quand elle refusait la nourriture que mes femmes lui proposaient, je m'en chargeais ; elle l'acceptait plus volontiers et parfois, ce qui me comblait de joie, me remerciait d'un sourire.

Le troisième soir à dater du jour où nous l'avions hébergée, elle me montra ses poignets afin que je les libère. J'acceptai mais refusai de faire de même de ses chevilles, dans la crainte qu'à la faveur de la nuit elle ne fût tentée de prendre le large. Pour plus de sûreté, je demandai à mes femmes de la faire coucher entre elles deux, une place que j'occupais habituellement, et de ne dormir que d'un œil. J'interrompais moi-même mon sommeil pour la surveiller.

Une question me harcelait en permanence : qu'allions-nous faire de notre captive ? De plus en plus, l'idée s'imposait à moi que cette opération avait été inutile et dangereuse. Aweïda n'était pas une « prise de guerre », comme l'avait maladroitement avancé Vieux-Débris, mais sa capture constituait bel et bien une agression dont nous aurions sans doute à rendre compte.

La surprise occasionnée dans la tribu par l'arrivée de la captive, la curiosité qui l'avait accompagnée et qui n'avait pas cessé de se manifester risquaient de nous faire oublier ce danger prévisible et peut-être imminent : une riposte des nomades. La disparition de la jeune fille, celle de son cheval, la mort du loup-renard avaient dû déclencher des recherches. Nos traces avaient été repérées et nous n'allions pas tarder à voir surgir un groupe de nomades venant réclamer leur congénère. Dans l'ignorance où nous étions de l'efficacité de leurs armes et de leurs méthodes de combat, nous avions tout à redouter.

A quelques jours de notre expédition, je confiai ces inquiétudes à l'Abba. Il était accroupi devant sa fosse à feu, en train de dépiauter avec un racloir une côtelette de marcassin. Il jeta dans le feu l'os patiemment récuré, se torcha les lèvres d'un revers de poignet et, après m'avoir écouté avec des hochements de tête et des grognements, il maugréa :

— Tu t'imagines, Marah, être le seul détenteur de la vérité. Si tu crois que je n'ai pas réfléchi aux conséquences de cette opération, tu te trompes. Pendant que tu prends du plaisir avec... comment l'appelles-tu, dis-moi ? Oui, avec Aweïda, moi je veille toutes les nuits !

Le gloussement ironique de Sabel, la plus âgée des deux épouses du chef, me parvint du fond de l'abri décoré de massacres de cerf. Elle s'avança vers nous, faisant ballotter ses lourdes mamelles et peignant ses cheveux gris qui lui tombaient à la ceinture. De derrière le vieillard, elle me dit à mi-voix :

— Il te raconte des sornettes. Il dort comme un nouveau-né...

Vieux-Débris ajouta d'un air solennel :

— Il est vrai que c'est un devoir de la part du chef que je suis de veiller pendant que les autres dorment ou se donnent du plaisir avec leurs femmes. Alors, voilà l'idée que les Esprits m'ont inspirée et que je te soumets...

Le plan de l'Abba, je l'avais déjà envisagé : il consistait à placer des sentinelles le long de la rivière et à envoyer dans les alentours des groupes de reconnaissance, afin de prévenir toute surprise.

— Combien d'hommes, me demanda-t-il, comptent les nomades ?

J'écartai, à quatre reprises, mes deux mains, conscient de ne fournir qu'une évaluation sommaire, en ajoutant :

— Ce n'est pas leurs effectifs qui importent, mais leur armement et leurs chevaux. Nous en avons compté trois fois mes deux mains.

L'Abba paraissait soucieux. Il piquait du pouce et de l'index dans sa barbe raide, en extrayait des poux qu'il faisait craquer entre ses dents.

— Leurs chevaux... dit-il d'un air songeur. Par les Esprits qui nous gouvernent ! Je ne cesse de me poser ces questions et j'en perds le sommeil : comment font-ils pour les capturer et surtout les domestiquer ? Pourquoi ne pouvons-nous faire de même ? Nous sommes plus évolués qu'eux et je constate qu'ils ont des choses à nous apprendre. Des choses élémentaires ! Et cette arme d'un genre nouveau, Marah, cette arme que nous ne savons pas utiliser...

Par ces quelques mots, le chef venait de nous confronter aux grands mystères de ce monde. Nous nous imaginions, dans la paix et la prospérité qui sont notre lot, avoir abouti à un degré d'évolution qu'il était difficile et dangereux de dépasser. Et il avait suffi du passage d'une tribu nomade d'assez piètre apparence pour nous révéler la précarité de notre mode de vie et pointer à la fois notre prétention et notre ignorance.

Nous devions bien nous résoudre à comprendre que nous n'étions pas seuls au monde, que peut-être, dans de lointaines contrées, au-delà des montagnes, des glaciers, des océans, existaient d'autres civilisations dont nous aurions beaucoup à apprendre.

Je révélai à l'Abba la question qui me brûlait les lèvres :

— Qu'allons-nous faire de la captive ? Lorsque ceux de sa famille et de sa tribu viendront la réclamer, la leur rendrons-nous ou prendrons-nous les armes pour défendre notre prise ?

Ce problème avait dû obséder l'Abba car il garda un moment le silence, l'air absorbé, en se grattant le genou.

— Je l'ignore, m'avoua-t-il. Les Puissances décideront.

— C'est un peu facile. Ce ne sont pas les Puissances qui prendront les armes à notre place !

— Nous garderons notre prisonnière, Marah. Je persiste à croire que ces gens se sont mal conduits envers nous. Ils ont traversé nos terres sans nous prévenir, ont prélevé notre gibier sans permission. C'est une faute grave et qui méritait une riposte. En capturant une de leurs congénères, nous avons fait coup double : c'était un acte de justice et un moyen de découvrir leurs secrets...

Je haussai les épaules, irrité par ces arguments qu'il nous avait déjà servis à maintes reprises et auxquels il s'accrochait en dépit de toute logique.

— Si tu comptes, lui dis-je, sur notre prisonnière pour nous révéler ces fameux secrets, tu risques d'être déçu : ou elle est sotte ou elle nous hait au point de refuser de communiquer avec nous ! Sotte, je ne le crois pas. Obstinée, si...

Vieux-Débris m'opposa un silence de pierre. Il se fit servir par Tara du jus de mûre arrosé d'eau de la cuve et réclama un autre os à récurer. Ce vieillard décharné avait un appétit insondable. A chacune de mes visites à la chefferie, je le trouvais en train de s'empiffrer et de se délecter de jus fermenté, sans daigner inviter son visiteur à se joindre à lui.

Il essuya ses lèvres d'où dégoulinait un jus noirâtre et me dit d'un air détaché :

— Je te confie le soin d'organiser notre défense. Je n'apprécie guère ton caractère contestataire, mais tu es le seul auquel je puisse confier cette mission.

Il ajouta en posant la pointe de son bâton sculpté sur mon épaule :

— Dommage que tu sois si vieux et si *original* ! Sinon, c'est toi que j'aurais choisi pour me succéder, plutôt que cette outre de graisse de Dwenô...

Je retournai à mon abri assez tôt pour interrompre une scène pénible : Cofia et Adulah s'étaient mis en tête de dépouiller Aweïda de ses vêtements devant les voisins ameutés par les cris.

— Que faites-vous ? protestai-je. Vous auriez dû me prévenir...

— Nous voulions faire sa toilette, dit Cofia. Elle pue.

— Nous voulions savoir si elle ne portait pas une arme sur elle, ajouta Adulah.

— Et puis... poursuivit Cofia avec embarras, savoir comme elle est faite.

— Sotte que vous êtes ! Elle est faite comme vous !

Je renvoyai avec quelques éclats de voix les badauds que la scène divertissait et donnai à mes deux femmes la correction qu'elles méritaient.

Aweïda paraissait terrorisée. Elle s'était réfugiée au fond de l'abri, sous les défenses de mon mammouth, derrière le monceau de peaux à préparer pour l'hiver et d'ossements secs qui servent à alimenter notre foyer.

Dépouillée de la peau de martre qui l'enveloppait, sa poitrine montrait deux petites mamelles déjà bien formées, avec, au milieu des aréoles, deux petites framboises mûres. Je lui tendis son vêtement qu'elle enfila prestement. Elle portait entre ses seins un collier de nacre sculpté d'antilopes saïgas de facture assez grossière mais qui mettait sa carnation délicate et brune en valeur.

A ma grande confusion, elle se redressa, se colla contre moi, la tête sur ma poitrine, les bras autour de ma taille. Je murmurai à son oreille :

— Tout doux, mon enfant, tout doux... Tant que je serai là, personne ne te fera de mal.

Je me demandais ce que ces folles pouvaient bien attendre de leur inspection. Découvrir sur la Gamine des signes maléfiques, des anomalies, des monstruosités, une arme, des bijoux ? Par des signes sans équivoque, elle me fit comprendre avec un air menaçant que Cofia lui avait volé ses bracelets de coquillages. Je les lui fis restituer. Elle m'en remercia d'un sourire et soudain, alors que je ne l'en avais pas priée, elle posa son index sur sa poitrine et me dit son nom. Il était d'une telle longueur et d'une telle complexité que je ne pus le retenir et que je l'ignore aujourd'hui encore. Je lui dis le mien :

— Marah... Je m'appelle Marah...

Elle le répéta, le chantonna d'un air amusé, comme pour le graver dans sa mémoire. Dans l'incertitude où j'étais de sa véritable identité, je décidai que nous persisterions à l'appeler Aweïda. Elle parut accepter cette décision car, lorsque, dans les jours qui suivirent, je prononçai son nom, elle tournait vers moi son visage en souriant.

Aweïda manifestait parfois des comportements singuliers, ce qui n'était pas pour me surprendre.

Chaque matin, accompagnée de l'une de mes épouses, elle exigeait qu'on l'amenât jusqu'à la rivière où, sous un surplomb de la falaise drapé de lierre qui descendait jusqu'à terre, nous avions aménagé un abri pour son cheval. Elle le conduisait sur la prairie riveraine, lui faisait brouter l'herbe, lui flattait l'encolure, peignait sa crinière et sa queue, lustrait sa robe avec des poignées de bruyère. Une émotion s'emparait de moi chaque fois que j'assistais à ce rite matinal. Je n'étais pas le seul : des enfants se tenaient à bonne distance, craintifs ou amusés.

Cette bonne entente, cette sorte d'alliance entre l'adolescente et l'animal ne laissaient pas de me confondre et de me ravir. J'avais certes rêvé, comme la plupart des gens des Grandes Falaises, que nous pourrions, au lieu de les piéger et de les massacrer, capturer et domestiquer ces animaux, en faire des auxiliaires précieux, notamment pour soulager nos femmes du transport des produits de nos chasses. Le jour où Aweïda manifesta son désir de monter son tarpan, je lui opposai un refus catégorique, persuadé que son intention était d'en profiter pour s'évader. Elle m'en tint rigueur un jour ou deux mais finit par prendre son parti de ce refus. Elle se contenta de mener le bel animal par une lanière, le long de la rivière, jusqu'au débouché du ruisseau du Renard, mais j'exigeais qu'elle fût accompagnée et qu'on laissât ses chevilles entravées, ce qui lui interdisait d'enfourcher sa monture.

La Gamine, comme nous l'appelions, avait un caractère versatile et imprévisible. A des accès de bonne humeur succédaient, sans raison apparente, des moments d'abattement qui dégénéraient parfois en agressivité. Je conseillais à mes épouses de ne pas prendre ces caprices en considération, d'éviter de la contrarier, de lui passer ses manies et ses envies. Je leur interdis notamment de troubler les temps de méditation qu'elle observait en jouant avec des osselets et des pierres de couleur qu'elle portait dans un étui de cuir accroché à sa ceinture et qui devait être une sorte de jeu divinatoire.

Le soir ramenait en elle des idées noires. Elle se tenait accroupie, jambes croisées, devant la fosse à feu où cuisaient les viandes et où l'eau chauffait dans des récipients en peau de bœuf. A diverses reprises, je la surpris à entonner une mélopée sourde, d'une voix rendant un son rauque qui ne lui était pas habituel.

Avant de regagner le lit de fougères qu'elle partageait avec mes femmes, elle s'attardait devant les dernières braises, le visage huilé d'une sueur délicate, les yeux mi-clos, inclinant son torse d'avant en arrière. Ce rite vespéral remuait en moi une tourbe de mystères vieux comme le monde, ceux dont étaient obsédés les chasseurs qui ornaient jadis d'images d'animaux la nuit des cavernes.

Il ne m'arriva qu'à une seule occasion de la punir. Bien qu'elle l'eût mérité, j'en ai gardé longtemps un repentir et une blessure.

Ce jour-là, Adulah me prévint que la Gamine était sous le signe du sang. Une coutume impose aux femmes, dans ces circonstances, une retraite, le temps que cesse le flux qui les rend impures. Il devait en être autrement chez les nomades, car Aweïda regimba violemment et s'opposa à Cofia, un bâton à la main, quand ma vieille épouse prétendit la conduire dans l'abri réservé aux recluses. Crut-elle qu'on allait l'emprisonner ? Je ne sais. Je parvins non sans risque à la désarmer, à la maîtriser, à la rouer de coups avec une violence qui ne m'est pas coutumière. Elle me griffa la poitrine, me cracha au visage, vomit des imprécations de cette voix gutturale qu'elle prenait parfois. Je la fis ligoter serré et, la portant sur mes épaules, je la jetai sur la paillasse qu'on avait préparée pour elle dans un abri éloigné du nôtre. Elle s'y retrouva en compagnie de quelques autres femmes qui partageaient son indisposition et auxquelles je recommandai de l'avoir à l'œil, jour et nuit.

Quelques jours plus tard, lorsque je vins la délivrer, je la trouvai d'humeur rassérénée, sans pour autant qu'elle me témoignât la moindre marque d'affection, que d'ailleurs je n'attendais pas.

Pour me faire pardonner ma sévérité, je la gavai de miel, de la viande la plus tendre : celle d'un daim que je venais d'abattre, de jus fermenté de fraise et d'un épais bouillon de moelle. Adulah la conduisit à la rivière pour faire sa toilette et la purifier.

A la requête de Vieux-Débris, je conduisis Aweïda à l'atelier du maître des Pierres, avec les armes que nous avions saisies sur elle. Bandwa imposa le calme à ses élèves que la présence de la Gamine excitait et qui se poussaient du coude en s'esclaffant. Il considéra une à une les petites sagaies, la branche tenue ployée par une lanière parfaitement ligaturée à ses extrémités et tenta, sans y parvenir, d'en trouver l'usage.

Il me dit, d'un air découragé :

— J'avoue n'y rien comprendre ! Demande à ta protégée qu'elle nous montre la manière, au lieu de rigoler.

Je mis l'arme entre les mains d'Aweïda. Elle secoua

la tête pour me faire comprendre qu'il ne fallait pas compter sur sa bonne volonté pour nous aider. Bien au contraire, elle se moqua de Bandwa, imita sa maladresse en pouffant de rire.

— Fais-la taire ! s'écria le maître des Pierres, sinon je vais lui apprendre le respect à ma façon !

Il brandit sa badine sur elle ; j'arrêtai son geste. Elle sourit et me témoigna sa gratitude en acceptant de nous faire une démonstration. Elle pétrit entre ses mains une balle de mousse, la plaça sur le rebord de la terrasse, au-dessus du monceau de déchets de silex, plaça ce qu'elle appela une « flèche » dans l'encoche terminale, tendit ce qu'elle nomma un « arc », la fit jouer sur la lanière, et soudain, d'un air menaçant, elle dirigea son tir vers Bandwa qui recula précipitamment en s'écriant :

— Eh là ! arrête ce jeu stupide. Ce n'est pas moi, la cible...

Elle éclata de rire et, négligeant la balle de mousse, s'avança vers le bord de la terrasse, me montra un homme qui escaladait pesamment une échelle et, avant que je puisse intervenir, lâcha son trait qui fusa à la vitesse de l'éclair. Un hurlement retentit. L'homme chancela, dégringola de quelques degrés et s'écroula. C'était Hankô.

Je m'écriai, au comble de la colère :

— Beau travail ! Sacrée femelle, tu ne me causes que des ennuis !

— Surprenant, balbutiait Bandwa. Une telle rapidité, une telle précision. Jamais vu ça, mille tonnerres... Comment est-ce possible ? Il y aurait de la sorcellerie là-dedans que ça ne m'étonnerait pas...

Je protestai contre un tel aveuglement.

— C'est une idée stupide ! Cette arme toute simple est d'un genre nouveau, voilà tout. Il faut convenir que nous sommes en retard sur ces nomades, au moins sur ce chapitre. J'en ai honte, Bandwa.

— Et moi donc... soupira-t-il.

Il ajouta :

— Laisse-moi cette arme, Marah. Je vais l'étudier de plus près et tâcher d'en fabriquer une. Ça ne doit pas être bien difficile...

Hankô ne souffrait que d'une légère blessure à l'épaule et de contusions bénignes, mais il était en rage. Chaque fois que nous nous croisions, il se répandait en imprécations contre cette « maudite femelle » qui avait failli le tuer. Je l'apaisai de mon mieux en lui disant pour plaisanter :

— Hankô, au lieu de bougonner, tu devrais être fier. Cette blessure est pour toi un honneur. Tu viens d'inaugurer à ton corps défendant une nouvelle arme de chasse. Cet *arc* et ces *flèches* sont notre providence. Ton nom va rester dans la tribu comme celui d'un héros malgré lui.

— « Arc »... « flèches »... Qu'est-ce que ce baragouin ? Tu te moques de moi, Marah ! L'honneur dont tu parles, je m'en serais bien passé. Pourquoi cette sacrée petite femelle n'a-t-elle pas visé plutôt un merle ou un corbeau ?

— Parce que tu es plus gros et qu'elle avait plus de chances d'atteindre sa cible.

— Je crois plutôt qu'elle a cherché à se venger. Elle ne perd rien pour attendre...

Il eût été stupide de notre part d'espérer que la tribu des nomades (celle des Saïgas, du nom de leur animal fétiche) puisse subir sans réagir l'affront qui leur avait été fait.

Ce n'étaient pas des sauvages, comme certains l'imaginaient, mais des gens d'une grande sagesse, récoltée sur les chemins du monde. Ils n'entreprenaient rien à la légère. Tandis que je m'occupais à répartir les postes de veille, ils ne perdaient rien de notre activité, erraient autour de nos positions, invisibles mais présents, à ce que nous pûmes constater aux traces que laissaient leurs chevaux. Il suffisait d'ailleurs de tendre l'oreille pour les sentir proches : ils correspondaient entre eux par des sifflements d'oiseaux ou des cris d'animaux qui pouvaient nous tromper. Peut-être comptaient-ils, par ce subterfuge, faire comprendre à Aweïda qu'ils ne l'oubliaient pas et comptaient la délivrer.

Ils étaient présents sur nos terres depuis environ une lune, ce qui signifiait à l'évidence qu'ils ne renonceraient pas à leur projet. Quand et comment allaient-ils le mettre à exécution ? Cette double inquiétude me faisait passer des nuits blanches.

L'idée que nous avions conçue, l'Abba et moi, et que j'avais réalisée, d'installer des postes de vigie le long de la rivière, était à la fois judicieuse et dangereuse. Ils étaient trop exposés à des attaques par surprise et les hommes qui la composaient étaient plus habiles à la chasse qu'à la guerre. S'ils étaient débordés, nos abris auraient eu à subir un assaut en règle, et nous aurions dû leur rendre notre prisonnière, ce à quoi notre vieille baderne de chef se serait refusée.

Cette attente insupportable minait le moral de nos hommes. En effectuant des navettes d'inspection d'un poste à un autre, je pouvais constater leur degré d'abattement. Nous ne les laissions pas manquer de vivres, mais il leur était interdit de faire du feu, si bien qu'ils passaient leurs nuits à grelotter dans la brume et sous la pluie.

Ils se plaignaient à moi de leur situation :

— Qu'est-ce qu'on fait ici ? Qu'est-ce qu'on attend de nous ?

— Il n'y a personne dans les parages. Alors, à quoi bon rester ?

— Je fiche le camp demain ! Vieux-Débris s'est assez moqué de nous. Il boit et mange chaud, lui, et il a ses femmes pour lui tenir compagnie...

Je me disais que c'était peut-être sur cette lassitude que comptaient les nomades. Si c'était le cas, ils voyaient juste. J'en eus conscience lorsque quelques-uns de nos hommes refusèrent leur tour de garde ou désertèrent leur poste. J'en vins à penser que la situation était désespérée et qu'il eût été sage de rendre la prisonnière contre un tribut que nous pourrions exiger. Au revoir et sans rancune...

Bandwa n'avait pas perdu son temps : il avait fait fabriquer et livrer à nos guetteurs des arcs et des flèches en quantité suffisante. Ils avaient considéré cette nouvelle arme avec des yeux ronds et s'étaient essayés sans grand succès à tirer sur des cibles : ils auraient manqué un ours à trente pieds ! Avec leurs sagaies, leurs propulseurs et leurs haches, ils n'auraient pas tenu longtemps devant une charge de cavaliers armés d'arcs et de flèches...

La première victime des nomades fut un jeune guetteur qui s'était aventuré dans les parages de son poste pour aller cueillir des airelles. Le cri qu'il poussa alerta son compagnon, qui se précipita hors de son abri de branchages et le recueillit dans ses bras, hérissé de flèches et à l'agonie. Impuissant à le ramener, il se retira prestement, la peur aux talons, avant de s'écrouler à son tour, une flèche dans le dos. Ses compagnons, lors de la relève, purent le sauver et recueillir de sa bouche le récit de l'événement.

Ce qui n'était qu'un avertissement déclencha la panique parmi les occupants des postes. Ils se replièrent en désordre, traversèrent la rivière par le pont de lianes dont ils rompirent les attaches pour éviter que les nomades pussent l'utiliser. Lorsqu'ils nous eurent rejoints, dans un branle-bas de combat, je fis remonter les échelles menant aux terrasses. Cette opération achevée, nous vîmes avec stupeur les premiers éléments des nomades s'aligner sur l'autre berge, s'engager dans l'eau, traverser la rivière sans se séparer de leurs montures et s'avancer jusqu'au pied des falaises, lentement, dans un silence impressionnant.

Ils prirent le temps, comme pour nous narguer, de suspendre à un saule les cadavres dépouillés des jeunes chasseurs qu'ils avaient criblés de flèches, puis, de la même allure lente, ils se regroupèrent devant les escaliers taillés dans la roche, qui précédaient les échelles.

J'avais envisagé, alors qu'ils évoluaient entre la rivière et les falaises, de faire rechercher des pierres et des quartiers de roches qui pourraient nous servir de projectiles. Quand les premiers tombèrent sur eux, ils reculèrent, tirèrent en direction de nos terrasses quelques flèches qui se brisèrent sur la roche.

Au cours de la nuit suivante, peu d'entre nous purent trouver le sommeil, bien que les nomades eussent repassé la rivière. On voyait leurs feux et leurs fumées mêlés au premier brouillard de la nuit. Nous pouvions entendre le hennissement de leurs chevaux et les aboiements des quadrupèdes qui les avaient accompagnés.

J'avais pris la précaution, dès que l'adversaire était apparu, de faire garder Aweïda par mes deux femmes, chevilles et bras ligotés, afin qu'elle n'eût pas la tentation de se jeter vers les siens du haut de la terrasse. Avait-elle compris ce qui se passait ? Toujours est-il qu'elle maîtrisait mal le tremblement qui l'agitait et qu'elle poussait de temps à autre un cri rauque, comme un appel, si bien qu'il fallut la bâillonner.

Le matin s'éveilla dans la brume. Du front des falaises, la vallée présentait l'aspect d'une immensité grisâtre et donnait l'impression que l'on aurait pu la traverser en nageant. Il en émergeait par endroits des plumets graciles de bouleaux juchés sur des crêtes et des amas de roches polies par les anciens glaciers.

A peine levé, j'envoyai des éclaireurs sur la rivière s'informer des dispositions des nomades. Ils avaient disparu. Je courus annoncer la bonne nouvelle à l'Abba ; il venait de s'éveiller et se laissait laver par ses femmes en avalant son bouillon de moelle. L'annonce du retrait des nomades parut le réjouir. Il me pria de le tenir en permanence au courant de la suite des événements.

Contrairement à ce que nous avions cru avec naïveté, les nomades n'avaient pas disparu : au cours de la matinée, lorsque la brume se fut en partie dissipée, nous pûmes les apercevoir en train de caracoler sur un espace de sphaignes. Durant la journée, ils s'aventurèrent sur la rive opposée aux falaises, d'une allure de promenade, s'arrêtant comme pour mesurer le nombre de nos abris et l'importance de notre population, sans manifester la moindre intention hostile, et dans le même silence obsédant.

La nuit allait tomber lorsque nous assistâmes à un spectacle stupéfiant. Un personnage vêtu de défroques barbouillées de diverses couleurs, le visage masqué d'un crâne de saïga, tout clinquant de pendeloques et d'amulettes de pierre et d'os, vint effectuer ses simagrées sur la berge, avec des incantations accompagnées par le grondement d'un large tambour étalé sur sa poitrine, sur lequel il frappait à tour de bras.

Lorsqu'il en eut fini avec son exhibition, nous vîmes, du bas des falaises où nous étions massés, s'avancer vers nous, sur l'autre rive, un vieil homme qui marchait appuyé à une sorte de bâton plus haut que lui, qui devait être le signe de son autorité. Vêtu sobrement, il portait sur la poitrine un disque de pierre de couleur verte, large comme mes deux mains, qui ressemblait à du jade. Il resta un moment immobile, cherchant sur nos terrasses je ne sais quoi et, parmi nous, je ne sais qui, ou je ne sais que trop bien.

Il leva son bâton pour annoncer qu'il voulait s'adresser à nous.

De ce que nous dit ce vénérable vieillard qui s'attachait à parler au mieux notre langue, je ne compris que l'essentiel : il souhaitait que nous lui rendions sa fille, ou sa femme, je ne sais, que nous lui avions enlevée. Il attendrait, ajouta-t-il, le temps nécessaire. En cas de refus, ses gens nous balaieraient « comme la tourmente emporte les feuilles mortes »...

Le vieux chef, sagement, souhaitait que l'on négociât : nous lui rendrions notre prisonnière et ils nous paieraient une sorte de droit de passage et un tribut pour le gibier qu'ils avaient tué. Cette proposition me fit froid dans le dos. Rendre Aweïda, me priver de la présence de cette adolescente que je considérais déjà un peu comme la fille que mes épouses n'avaient pu me donner... Cette perspective m'effrayait. Je poussai un soupir de soulagement lorsque, au cours d'une séance du conseil, le même jour, l'Abba proclama avec force :

— Nous ne céderons pas ! Ils nous ont volé notre gibier... Nous leur avons enlevé une femelle... Nous voilà quittes !

Certains membres du conseil ne pensaient pas ainsi et tentèrent de lui faire entendre raison. Il frappa le sol de son bâton et jeta, au milieu de la confusion générale :

— J'ai dit !

Ce que Vieux-Débris n'avait pas avoué mais que j'avais flairé, en vieux renard que je suis, c'est que l'idée lui était venue d'unir la prisonnière à l'un de ses fils, Sword, un adolescent noiraud et malingre qui n'aurait jamais l'étoffe d'un grand chasseur et qui n'en avait pas l'ambition. Il comptait sur elle pour lui donner une descendance plus saine, qui eût rehaussé la notoriété de sa famille. La malchance semblait le poursuivre : l'aîné de ses fils, Sekô, était né idiot et contrefait ; il végétait dans une cavité, au pied des falaises, où on allait lui porter sa provende comme à une bête.

Il se passa quelques jours avant que le conflit parût se dénouer.

Exception faite de quelques accès de fureur, Aweïda semblait prendre son mal en patience. Quand je me penchais sur elle et lui parlais d'une voix calme, elle me répondait par des regards de louve et des propos d'où suintait la colère. Grâce à Adulah, qui lui témoignait de l'indulgence et de la sympathie, elle avait appris quelques expressions de première nécessité : feu... boire... manger... uriner... dormir... Elle connaissait chacun de nous et quelques voisins par leur nom, avec un accent qui nous amusait.

Nous étions peu inquiets car les nomades ne pouvaient envisager sérieusement de nous déloger de nos abris, ce qui leur eût demandé des lunes et des sacrifices qu'ils ne pouvaient s'imposer. Ils auraient pu songer à nous réduire à la famine, mais ils étaient en trop petit nombre pour investir les Grandes Falaises, cette ruche géante dont la moindre faille pouvait nous offrir une sortie. Privés de la viande fraîche que nous procuraient nos chasses quotidiennes, nous nous rabattions sur nos réserves de poisson et de chair boucanée, que nous mêlions à des baies de mûre et d'airelle et à des herbes, mais c'est une nourriture qui ne nous tenait guère au corps, il faut en convenir. Nous n'en étions pas au point de songer à nous nourrir de chair humaine, comme le font encore, à ce que m'ont dit mes fils, certaines tribus des pays du froid.

Quelques jours donc étaient passés depuis que nous avions reçu l'admonestation du vieux chef de la tribu des Saïgas. Un matin, alors que nos femmes et quelques adolescents collectaient des escargots et des champignons, des éclats de voix me firent sursauter, en provenance de l'extrémité septentrionale des terrasses. Je saisis mes sagaies, bondis vers l'endroit d'où venait ce bruit et arrivai en pleine bataille : un groupe de nomades, en s'aidant de lianes tressées, s'était laissé glisser vers nos abris, en partant du front de la falaise.

Profitant de l'effet de surprise qui leur était favorable, ils avaient massacré à coups de flèches une famille entière mais s'étaient heurtés à une résistance opiniâtre en abordant les abris suivants, mis en alerte. Accablés par le nombre, impuissants, étant donné le défaut de distance, à se servir de leurs arcs, ils se retirèrent vers leurs cordes, non sans laisser quelques-uns des leurs sur le carreau.

Deux certitudes me réjouissaient : nous avions montré aux nomades que nous étions capables de leur résister et de les vaincre, et j'étais presque assuré de conserver Aweïda. Cette nuit-là, le cœur plein d'allégresse, je remplis avec Adulah mon devoir d'époux, puis je retrouvai le sommeil profond que j'avais perdu depuis quelques jours.

Le temps était venu où, d'ordinaire, nous préparions notre grande expédition de chasse dans les territoires désertiques du Nord.

Une neige épaisse et lourde avait succédé à la pluie. Les rennes, descendus des montagnes Vertes du levant, s'étaient ébranlés par hardes nombreuses vers le domaine de la taïga et du grand froid, une vieille femelle à leur tête, comme toujours. Nourris de poisson séché et de viande boucanée, nous rêvions de festins de chair palpitante, mais la présence des nomades saïgas nous interdisait toute possibilité d'entreprendre cette équipée traditionnelle.

L'idée était venue à l'Abba de déloger notre ennemi

par une attaque massive sur leur campement dont nous pouvions apercevoir les fumerolles du haut de nos terrasses. Je parvins non sans peine, appuyé par quelques amis, à l'en dissuader : nous aurions joué notre va-tout avec trop de risques car nous étions encore inhabiles au maniement de l'arc.

Il riposta avec aigreur :

— Alors, que proposes-tu, Marah ? Ces sauvages sont en train de se goberger avec notre gibier alors que nous devons nous contenter d'une maigre pitance. Alors ?

Alors, rien. J'avais beau tourner et retourner des solutions dans ma tête, aucune ne convenait à la situation. J'en étais même venu à adhérer à l'idée initiale de l'Abba : une attaque en règle, sauf qu'il serait imprudent d'opérer de front, le mieux étant le guet-apens et la fuite rapide. Cet avis ne venant pas de lui, il le repoussa et décida de faire appel à l'expert en présages : Sankô. Le sorcier absorba plusieurs cornes de jus fermenté pour se mettre en condition, dessina sur la pierre à sable des signes mystérieux et donna des réponses qui n'avaient aucun sens précis.

Le secours hypothétique que nous espérions ne nous vint pas des Puissances de la terre et du ciel mais apparut sous une forme concrète : celle d'un groupe de chasseurs de la Caverne aux Ours partis, comme nous aurions dû le faire nous-mêmes, sur la piste du renne. Nous avions fait alliance depuis des temps lointains avec cette tribu de rudes gaillards à qui rien ne faisait peur, hormis les colères du ciel.

Accueillis par des exclamations et des embrassades, ils nous annoncèrent que leur séjour chez nous durerait le temps d'une simple visite d'amitié. Ils avaient tué en cours de route un aurochs, gibier devenu rare sous nos climats, et en transportaient les reliefs sur leurs traînes. Ils nous convièrent à faire bombance. Nous acceptâmes sans nous faire prier, avant de leur exposer notre situation.

Nous eûmes, l'Abba et moi, un long entretien avec le chef de la horde, un nommé Gwan. C'était un homme dans la fleur de son âge adulte, large d'épaules, au visage carré orné d'une barbe courte, d'une force et d'une autorité qui imposaient à ses hommes.

— Seuls, peu nombreux et mal armés comme nous le sommes, lui dit l'Abba, nous aurions du mal à faire fuir ces importuns. Avec votre concours, l'affaire serait assurée du succès...

Le maître de chasse se montra perplexe, puis réticent : il menait ses hommes à la grande chasse d'hiver et non à la guerre ; beaucoup refuseraient d'entrer dans ce conflit où il n'y avait rien à gagner et beaucoup à perdre. En toute logique, il avait raison. Pourtant, après avoir longuement mûri sa réponse, il nous dit :

— Si cela vous convient, je peux me charger d'une négociation, mais ce sera difficile. L'enlèvement est une faute grave, de même, je l'admets, que de traverser un territoire sans prévenir. Je ferai de mon mieux...

Le visage ridé de l'Abba s'éclaira d'un sourire.

— Gwan, dit-il, tu es notre sauveur ! Si tu parviens à mener à bien ton projet, je t'en serai reconnaissant jusqu'à la fin de mes jours. J'ai réfléchi : mieux vaut négociation que guerre.

— A charge de revanche... dit Gwan.

Il partit le lendemain, au lever du jour, accompagné d'un groupe de chasseurs de sa tribu, sans armes, sous une bourrasque de neige. La matinée se passa pour nous dans une attente fiévreuse. Pour traverser la rivière, il avait dû emprunter une de nos barques de peau, au risque de dériver dans le courant qui avait pris de la violence.

Peu avant le crépuscule, alors que nous commencions à désespérer, nous le vîmes, debout dans la barque et agitant les bras, signe évident de la réussite de sa mission.

— Ça n'a pas été sans mal, nous confia-t-il. Votre prisonnière est la fille du chef. Il en a trois autres, mais il tient particulièrement à celle-ci, j'ignore pourquoi. Devant la menace conjointe de mes hommes et des vôtres, il a réfléchi puis s'est décidé. Il faut dire que je lui ai remis en cadeau quelques babioles que nous portions au cou. Demain, les Saïgas reprendront la route...

— Comment te remercier ? bredouilla l'Abba.

— En me gardant ton amitié, répondit Gwan.

5

L'expédition

Les abondantes chutes de neige qui suivirent le départ des nomades saïgas firent renaître la joie de vivre dans notre tribu et dans celles qui l'entouraient, jusqu'aux confins de la rivière Verte dont nous suivons le cours pour nous rendre chez les mangeurs de coquillages.

La présence obsédante, dans les parages, des nomades avait découragé nos chasseurs d'effectuer les préparatifs de la campagne d'hiver, sur la piste du renne. C'est dans la fièvre que nous nous y sommes préparés : éprouver le tranchant et les ligatures des armes de pierre, éliminer les ébréchures, passer les tiges des sagaies au redresseur, ce bâton percé qui nous suit partout, rassembler des lames de rechange, entasser des vivres et des vêtements chauds sur nos traînes...

Durant quelques jours, nos abris bourdonnèrent de cette activité fébrile et joyeuse. Le maître des Pierres, Bandwa, passait de l'un à l'autre, distribuait des conseils ou des remontrances, caressait au passage la croupe des femmes avec un rire jovial.

Avant de partir pour la grande chasse d'hiver, la coutume, qui remonte à des époques oubliées, est de sacrifier un ours.

Chaque année, passé l'hiver, un groupe de chasseurs se met en quête, de grottes en cavernes, d'un de ces animaux et le ramène vivant aux Grandes Falaises : opération difficile et dangereuse, à laquelle j'ai maintes fois participé. Selon les Anciens, les animaux que nous capturons aujourd'hui n'atteignent pas la taille de ceux que l'on chassait jadis ; ils ont celle d'un homme mais avec une puissance supérieure ; leur agressivité est moindre, mais ils font preuve d'une même férocité. Dans la mesure du possible, nous choisissions un individu de taille moyenne, plus facile à maîtriser.

Au dire de Vieux-Débris, ce rite de chasse remonte au temps où l'homme était contraint de disputer son habitat à ces plantigrades, au cours d'affrontements sauvages : hache de pierre contre griffes. De nos jours et dans nos contrées, il reste peu de demeures naturelles sous abri où cet animal soit encore installé, seul ou en famille : il a été repoussé vers les montagnes Vertes, les vastes solitudes et les forêts profondes, si bien qu'il faut parfois des jours pour en trouver un. L'ancienneté de cette coutume ne laisse aucun doute : il nous arrive souvent de découvrir, dans des abris abandonnés, des crânes, des squelettes, et parfois, comme dans la tribu de Gwan, des images dessinées, peintes ou gravées représentant ce plantigrade.

On a raconté tant d'histoires plus ou moins vraies et de légendes plus ou moins fabuleuses que l'on ne sait plus que croire. Certains prétendent que les mâles enlèvent des femmes dont ils font leur compagne, d'autres que l'ours a un langage particulier dont il use avec ses congénères. Sankô relate volontiers que, dans sa jeunesse, il a rencontré une femme-ours, fruit d'une union monstrueuse. L'Abba prétend avoir croisé dans le vallon des Roches un ours géant en train de danser et de chanter...

L'ours que nous avons ramené au terme de la dernière hibernation était un vieux mâle rabougri, au pelage terne mangé par la gale. Nous l'avons surpris près d'une petite rivière, dans ces pays noirs et dénudés qui annoncent les toundras, en train de tenter de capturer un saumon avec sa patte armée de cinq longues griffes qui luisaient dans le soleil comme des aiguilles de silex. Peut-être à moitié sourd et aveugle, il paraissait indifférent à notre approche. Il tournait la tête vers nous, reniflait l'air en grognant et ne s'est décidé à fuir que lorsque notre présence lui a paru suspecte. C'est le plus courageux d'entre nous, Hankô, qui l'a emprisonné dans son filet de lianes tressées, tandis que Ork et moi le tenions sous la menace de nos sagaies. Pour nous intimider, il a battu l'air de ses lourdes pattes, en lâchant des grognements de colère. Je garde encore dans l'oreille la longue plainte qu'il a arrachée à sa gorge, une sorte de sanglot modulé qui semblait exprimer la fatalité de la mort. Un chant funèbre, peut-être...

Pour l'amadouer et le fatiguer, nous l'avons roué de coups avec les manches de nos sagaies, à tour de rôle, en veillant à ne pas lui causer de blessures qui auraient pu hâter sa fin et compromettre la cérémonie du sacrifice.

En nous voyant paraître avec notre proie, Vieux-Débris s'est écrié :

— Ça, un ours ? Un fauve, cette fourrure mitée ?

— Nous n'avons pas trouvé mieux, a répondu Hankô, d'un air penaud. Il est vieux, certes, mais encore en bonne santé et dangereux. Essaie donc de lui caresser le museau...

Nous avons appelé notre vieil ours Bernok, comme ceux qui l'ont précédé et ceux qui suivront. Je ne le plains pas trop : il a passé une fin de vie plus agréable que dans sa forêt, avec de la compagnie et des soins constants. Dans l'abri qui lui était consacré, il n'a manqué de rien : les enfants lui apportaient chaque jour de quoi satisfaire son appétit, et même parfois un peu de miel. Il était doux et n'avait pas le caractère irascible de ceux qui l'avaient précédé. Assis sur son arrière-train, il battait l'air de ses pattes antérieures, comme pour remercier.

Deux hommes suffirent pour extraire Bernok de sa prison et le conduire, attaché au cou par des lianes, sur le lieu de son supplice. Il les suivit sans regimber, comme pour une promenade, trottinant à petits pas et s'arrêtant pour renifler les herbes et pour pisser.

Le chasseur que je suis n'est guère sensible à la souffrance des bêtes, à condition qu'elle ne soit pas inutile ou occasionnée par la cruauté, mais, devant la perspective de cette mise à mort, mon cœur se serrait. D'autres partageaient la même émotion que moi : des enfants et des femmes qui lui avaient porté chaque jour sa nourriture, comme à Sekô, le fils de l'Abba, le malheureux idiot qui végétait dans une cavité voisine.

Il y eut des protestations et des pleurs lorsque, sur un signe du sorcier, Hankô se mit en devoir d'entamer les préliminaires du sacrifice : une volée de bâton destinée à punir cet animal de sa méchanceté et des sévices qu'il avait pu causer aux chasseurs. Il convenait ensuite de l'humilier en urinant sur sa tête, ce que Hankô fit sans la moindre gêne, fier même de montrer son sexe à l'assistance. Inerte, du sang aux naseaux, à moitié assommé, le pauvre Bernok, devenu inoffensif pour la suite du rite, gémissait d'une voix pitoyable.

Deux hommes se détachèrent de notre groupe, traînèrent cette dépouille sanglante et inanimée jusqu'à une longue dalle de calcaire posée sur deux supports, qui servait d'ordinaire au dépeçage du gibier, où ils l'attachèrent. Revêtu de ses oripeaux, cognant à bras raccourcis sur son tambour, Sankô fit le tour de la victime expiatoire en la saupoudrant de poudre d'herbes aromatiques. Sur un signe de Vieux-Débris, il sortit de sa ceinture le couteau du sacrifice et, avec un étrange grincement de voix, pareil à une plainte amoureuse, le plongea dans la gorge de l'animal qui gémit et vomit un jet de sang.

Hankô s'y prit à trois fois pour séparer à coups de hache la tête du tronc. Vieux-Débris veilla à la distribution de la viande et des organes : une maigre pitance car la victime n'était pas de la première jeunesse, et coriace. J'obtins le foie, un morceau délectable, que je partageai avec Aweïda qui s'en régala en le mangeant cru, sans dissimuler son plaisir.

Je ne me suis jamais opposé aux traditions, les nôtres et celles des peuplades voisines et amies : elles sont une sorte de patrimoine qu'il faut respecter. Certaines, comme celle que je viens d'évoquer, les rites de sang, ne sont pas respectables et je les condamne. Si le sort avait voulu que je fusse désigné comme chef de la tribu des Grandes Falaises, j'aurais mis fin au sacrifice de l'ours. Les Puissances, j'en ai la conviction, pourraient se satisfaire de cérémonies moins cruelles, devant les peintures qui ornent les parois des sanctuaires. En quoi les souffrances imposées à un animal prisonnier peuvent-elles décider du succès ou de l'échec d'une chasse ? M'insurger eût été inutile et dangereux : j'aurais risqué d'être rejeté de la tribu. Le sorcier Sankô et Vieux-Débris ne badinent pas avec les coutumes : elles sont le garant de leur autorité.

C'est l'inquiétude au cœur que je quittai les Grandes Falaises avec un groupe d'une dizaine de chasseurs, pour notre campagne d'hiver.

Le départ des nomades ne m'avait qu'à moitié rassuré quant au comportement de ma protégée. Elle paraissait résignée à son sort, mais j'avais appris à me méfier de ses réactions : elle était trop fière pour avoir accepté et pardonné le coup de force qui nous l'avait livrée, trop futée pour ne pas chercher la moindre occasion de nous échapper. Cofia et Adulah respecteraient-elles les consignes que je leur avais données ? Elles avaient l'une et l'autre tendance à oublier ce qui les importunait. Je les avais observées à plusieurs reprises relâchant leur vigilance, d'autant qu'elles faisaient bon ménage avec Aweïda.

En apprenant la réussite de la mission entreprise par Gwan, mon cœur avait débordé d'une joie secrète : elle écartait toute menace de séparation d'avec la Gamine. J'avais beau m'en défendre, je me sentais de plus en plus attaché à cette petite femelle ; je prenais un plaisir exempt de perversité à la regarder faire sa toilette à la rivière ou, par temps froids, devant notre cuveau, à coudre des peaux, à épouiller mes compagnes, à tenter, ce qui me ravissait, de leur apprendre les chants des Saïgas... Les enfants l'adoraient ; leurs rapports avaient été réservés au début de sa captivité mais elle avait vite fait de les apprivoiser par les jeux qu'elle leur apprenait.

J'avais décidé, en prenant les précautions nécessaires, de lui laisser monter son tarpan. Elle semblait prendre un plaisir fou à le faire galoper sur la prairie riveraine, à le voir brouter, gambader, lancer des ruades au ciel, à entendre ses hennissements joyeux. Elle faisait partager sa joie aux enfants qui montaient en grappe autour d'elle pour une promenade.

Ces spectacles me comblaient de bonheur. Je rêvais, je me disais que, le jour où nous parviendrions à capturer et à domestiquer des chevaux, nous aurions fait un grand pas vers l'avenir. Lorsque j'évoquais cette perspective devant Vieux-Débris, il se contentait de ricaner, me reprochant de trop rêver, comme un enfant attardé :

— Les nomades ont sans doute des secrets qui nous sont interdits. Ta protégée pourra peut-être, à la longue, nous les révéler...

La veille du départ, je réservai à Cofia, la plus raisonnable de mes épouses, le soin de veiller personnellement, à toute heure du jour et de la nuit, sur la Gamine.

— J'insiste : personnellement. Si elle s'évade ou qu'il lui arrive quoi que ce soit de fâcheux, je t'en rendrai responsable.

Elle me répondit avec un sourire chargé d'ironie :

— Tu y tiens donc tant, à cette petite femelle ? Depuis qu'elle vit parmi nous, tu nous négliges, moi en particulier. Peut-être as-tu des intentions sur elle... Tes deux femmes ne te suffisent plus ? A ton âge...

Une gifle violente fit vaciller cette effrontée.

— Tu t'en tiendras à la consigne que je t'ai donnée. Le reste me regarde...

De tout le temps que nous restâmes en vue des falaises, Aweïda suivit du regard notre groupe. Lorsqu'il traversa la rivière sur le pont de lianes que nous avions rétabli après le départ des nomades saïgas, je la distinguai avec netteté, malgré la brume, debout devant le rideau de peaux qui obturait l'entrée de notre abri. De temps à autre, elle levait un bras pour me saluer. Tout au long de notre campagne, j'allais garder en moi cette image vivace, avec l'odeur de jeunesse de sa peau, lorsque je l'avais étreinte.

La neige avait cessé depuis quelques jours pour faire place au froid. Le soleil aveuglant nous contraignait à abriter d'un masque de cuir le haut de notre visage, avec une simple fente pour les yeux. Ces jours lumineux nous révélaient des horizons insondables de tourbières, de marécages, de forêts. Nous nous aventurions sans crainte sur les étangs et les lacs tant la glace était épaisse. La rivière Verte elle-même était gelée. C'est au milieu de son lit que nous tombâmes sur notre première proie : un grand cerf aux ramures de la hauteur de mon bras ; immobile, comme perdu au milieu de cette étendue glacée et dénudée, il contemplait, en frémissant sur ses jarrets, le cercle qui se refermait sur lui. Hankô, notre chef de chasse, le blessa d'un coup de sagaie qui l'atteignit au flanc, le fit chanceler et tenter de nous échapper d'une allure pataude. Nous n'eûmes aucune peine à le rattraper et à lui trancher la gorge. Le soir, nous nous gavâmes de viande fraîche.

Nous faisions entière confiance à Hankô pour nous guider : il avait un sens précis de l'orientation et me l'avait démontré lors de notre expédition chez les Saïgas. Sa connaissance du gibier et des méthodes de chasse allait de pair.

Au matin du troisième jour, le ciel se couvrit de nuages épais, pareils à des nappes de schiste. Le blizzard se déchaîna avec une telle violence qu'il nous oppressait et que nous devions nous arrêter pour reprendre notre souffle derrière le moindre accident de terrain.

Passé la tourmente, nous rencontrâmes, à la lisière d'une taïga d'épinettes et de bouleaux nains, notre première harde de rennes, que Hankô estima à une cinquantaine de têtes. Le grand troupeau ne devait pas être très loin. Une journée de marche suffirait à le trouver.

Les pistes de migration du renne étaient connues de Hankô, mais il fallait compter avec le comportement, parfois déconcertant, de ce gibier : sans que rien n'explique ce phénomène, il quitte son lieu de passage traditionnel et se retrouve, comme pour un mystérieux rendez-vous, en un lieu où nul n'aurait eu l'idée de le pister.

Il était trop tard pour nous lancer à la poursuite de cette première harde. Mieux valait préparer notre campement. Nous coupâmes des épinettes que nous répandîmes, afin de nous isoler du sol glacé, sur un espace relativement abrité, au creux d'une petite faille entre de lourdes épaules de granit. Dresser notre vaste tente nous fut un jeu, de même que la préparation d'un foyer sur lequel nous fîmes réchauffer nos tisanes et griller ce qui restait du cerf. Serrés les uns contre les autres à ne pouvoir bouger, nous étions tout à la joie de la chaleur et d'un bon repas de viande grillée.

Nous reprîmes la route par un matin éclatant de lumière, après une chute de neige qui avait bloqué l'entrée de la tente. Lestés d'un chaud bouillon de moelle et de jus d'airelle, nous chantions et plaisantions en suivant la piste fraîche, d'une dizaine de pas de large.

Après une demi-journée d'une marche rapide, sous l'œil de familles de loups juchées sur les buttes, nous aperçûmes les premiers éléments de la harde, à l'extrémité d'une étendue enneigée ponctuée d'esquilles de roche noire, vestiges d'anciennes moraines. Une barre de nuages couleur de lait, qui s'étirait au bas du ciel, du côté du levant, annonçait une nouvelle ruée de vent.

La première carcasse que nous trouvâmes, en suivant un sillon de sang, était celle d'une petite femelle déchiquetée par les loups ou les hyènes. A des taches échelonnées, nous devinions que d'autres prédateurs nous avaient précédés et s'étaient gavés de ces proies faciles.

— Dommage, dit Hankô, de laisser une viande aussi délicate à ces charognards. Sword, Akw, occupez-vous de sauver ce que vous pourrez.

Etrange gibier que le renne... Il se laisse approcher en terrain découvert, comme immobilisé par une fatalité inexorable. En avançant sur un troupeau, on discerne des mouvements d'inquiétude, des regards interrogateurs, des tentatives de fuite, un discret désordre au centre, mais rien de comparable à de la panique comme chez les tarpans ou les antilopes.

Pourtant l'approche fut moins facile que nous le pensions. Après nous être concertés, nous nous dispersâmes par petits groupes de deux pour prendre le troupeau à revers. Il était temps d'entrer en action car les premières vagues du blizzard se ruaient sur nous en faisant lever sur l'immense étendue de la plaine de petites fumées de neige.

Est-ce l'imminence d'une nouvelle tourmente ou notre présence ? Le troupeau commença à se défaire en désordre, certains groupes poursuivant leur chemin vers les collines, d'autres se dirigeant vers une sapinette. Lorsque nous approchions de l'un de ces groupes, il se dispersait dans toutes les directions.

Hankô donna le signal de la tuerie par un coup de sifflet. J'eus à l'instant même un mauvais pressentiment. Je n'ignorais pas que la chasse s'accompagne chez certains d'une sorte de griserie qui engendre un besoin aveugle de carnage. Ils tuent sans raison et plus que de raison. Ils oublient que la chasse consiste en un simple prélèvement sur les animaux que les Puissances nous envoient dans leur générosité, que ce sens de la mesure est la qualité essentielle du chasseur, qu'il nous distingue du glouton ou d'autres fauves qui tuent sans discernement. A diverses reprises, je me suis heurté à Hankô, lui reprochant de se conduire comme un de ces prédateurs inaccessibles à la raison et à la pitié. Cette réserve de ma part a creusé un fossé entre nous.

Lorsque je blesse un animal, mon premier souci est de l'achever dès que possible, au risque de le payer de ma vie. Tous ne font pas de même. J'en surprends parfois à se délecter et à se divertir de l'agonie d'un animal blessé. Quitte à passer pour une mauviette, je déteste ce comportement, et je le manifeste.

Angô et Sword, le fils de l'Abba, étaient de ceux-là.

Je les rabrouai sévèrement lorsque je les surpris à trancher le jarret de quelques rennes pour le plaisir de les regarder se traîner sur la neige avec un regard éperdu. Ils me traitèrent de poule mouillée. Je me ruai sur eux, ma sagaie pointée vers leur poitrine. Ils me tournèrent le dos avec un regard de mépris.

La plus grande partie de cette action de chasse, je la passai, jusqu'à l'écœurement, à donner le coup de grâce aux animaux à l'agonie. Quand je jugeai que le carnage avait atteint les limites du supportable, j'ordonnai à Hankô de ramener ses hommes. Il y consentit de mauvaise grâce.

— D'accord, me dit-il avec morgue, mais je te rappelle, Marah, que c'est moi le chef de chasse, et que les ordres ne peuvent venir que de moi ! Que nos hommes prennent du plaisir, tu ne peux t'y opposer. Ils en ont la permission. A la prochaine incartade, tu seras rejeté du groupe et tu pourras rejoindre ta protégée.

Je sentis la colère gronder dans ma poitrine et ripostai vertement.

— Tu es une brute sanguinaire, Hankô ! Un chasseur digne de ce nom ne se conduit pas ainsi. Nous avons massacré une dizaine de rennes et vous en avez blessé quelques autres qui vont aller crever ailleurs. C'est suffisant ! Quant à mes rapports avec ma « protégée », comme tu dis, ça me regarde, et je t'interdis d'y faire allusion. Si tu persistes, je me charge de te faire rentrer tes paroles dans la gorge.

— Quand tu voudras, dit-il avec un méchant sourire. Je suis ton homme, Marah...

La nuit tombait lorsque nous fûmes témoins d'un étrange phénomène céleste. Certains chasseurs m'en avaient parlé, mais j'avais peine à y croire. Il n'y avait pas sur l'horizon un seul soleil, mais trois ! Trois soleils rouges suspendus au-dessus d'une barre de nuages, pareils à des têtes coupées enduites de sang, qui frémissaient, comme sur le point de se détacher ou d'entreprendre une promenade dans un ciel d'une pureté de torrent.

J'informai plus tard le plus vieux chasseur de notre groupe, Kôm, pour lui faire part de ma vision. Il n'en parut pas surpris.

— J'ai assisté à ce phénomène à plusieurs reprises, me dit-il. Il est stupéfiant, surtout la première fois. Il s'agit, à ce que je crois, de reflets de soleil sur la glace. Rien de mystérieux, en tout cas...

Hankô avait décidé de poursuivre notre chasse en direction du nord, à la rencontre des grands troupeaux de bœufs musqués, ce gibier qui a de commun avec le renne une sorte d'indifférence face aux prédateurs, à commencer par l'homme. Il rêvait de faire une hécatombe de ces monstres alors qu'un seul eût suffi à nourrir notre tribu durant plusieurs jours. Nous lui fîmes comprendre que ce serait une fatigue supplémentaire inutile, alors que nous étions tous à bout de forces, et que nous rapportions en suffisance de la viande que nous allions débiter sur place pour alléger nos traînes.

De plus, nous avions un blessé : ce jeune étourdi d'Angô avait reçu d'un renne qu'il torturait un coup d'andouiller, qui lui avait crevé un œil. Il souffrait de la fièvre, ce qui lui interdisait de nous suivre, et nous ne pouvions l'abandonner.

Sur le chemin du retour, j'avais assez à faire à éloigner les loups, les hyènes et les renards de nos traînes. Attirés par l'odeur de la viande, ils nous suivirent durant tout notre trajet. Je veillais à ne pas trop me laisser distancer par le groupe, car certains de ces fauves se montraient agressifs et je les avais, pour ainsi dire, sur les talons.

Au cours d'une halte, je m'étais assis sur un tronc d'arbre abattu par la tempête, à peu de distance de la dernière traîne, quand mon attention fut attirée par un monticule d'allure singulière dressé en lisière d'un bosquet de bouleaux nains et de ce qui paraissait être un étang gelé. Par des cris et des gesticulations, j'écartai, en la menaçant de ma sagaie, une famille de loups hargneux pour m'avancer vers cette butte ronde qui m'avait paru bouger insensiblement, mais peut-être était-ce la fatigue qui brouillait ma vue. Je m'approchai d'une dizaine de pas en reniflant l'odeur âcre qui venait jusqu'à moi et qui n'était celle d'aucun gibier ni d'aucune plante connus. Ma sagaie au poing, je m'avançai encore de quelques pas et constatai que je n'avais pas rêvé, que cette masse terreuse bougeait bel et bien, agitée par moments de soubresauts.

Soudain, j'étouffai un cri et bondis en arrière. Un énorme serpent venait de jaillir de cette masse et de battre l'air. « Mille tonnerres ! m'écriai-je, un mammouth... » C'en était un, et de belle taille, mais que faisait-il là ? Je me frottai les yeux d'un revers de poignet. Je ne rêvais pas. Des images surgies de ma jeunesse ne me laissaient aucun doute. Je reconnaissais sans peine cette forme lourde, massive, la bosse de graisse qui prolongeait le crâne, l'échine infléchie, la robe de jarres où s'accrochaient des pendeloques de glace, et surtout les défenses jaunies par le temps, dont l'une était ébréchée, peut-être à la suite d'un combat, peut-être en heurtant une roche...

Je restai un moment fasciné, sans voix, le cœur

grondant dans ma poitrine haletante, incapable de bouger d'un pouce. Je compris que j'avais surpris le mastodonte alors qu'il venait de faire éclater la glace du bord de l'étang, qu'il tentait d'en soulever des plaques avec sa trompe pour chercher sa nourriture préférée : l'herbe qui pousse sur le bord des nappes d'eau. Il en portait d'ailleurs une touffe au bout de sa trompe.

Il avait dû flairer notre présence, malgré l'épais rideau de sapins qui le séparait de nous lorsque nous étions passés, car il commença à s'agiter, avançant, reculant, brandissant sa trompe avec, comme s'il voulait se garder d'attirer l'attention, un barrissement étouffé, à peine sensible.

Mâle ou femelle ? Il m'était difficile de m'en rendre compte, car ses jarres descendaient presque jusqu'à terre, et d'ailleurs, peu importait. Les lois de la chasse m'imposaient de prévenir mes compagnons, mais quelque chose en moi s'y opposait. Notre petit groupe n'aurait pu venir à bout de ce monstre, mais je redoutais que, poussés par l'instinct, nos jeunes chasseurs ne s'amusent de lui, ne le blessent et que certains laissent leur vie dans cette action aussi inutile que dangereuse. Avec le temps, l'exploit de ma jeunesse, cette audace qui m'avait poussé à me jeter sous le ventre d'un mammouth pour l'éventrer, m'apparaissait comme une folie et une action à déconseiller.

Envoûté par le spectacle de ce monstre surgi des temps anciens, qui n'avait pu, blessé peut-être, fatigué sans doute, âgé sûrement, suivre ses congénères dans leur migration vers le pays des grands froids, je le vis avec soulagement me tourner le dos. Il lâcha une énorme bouse verdâtre et s'éloigna d'une allure pataude, en traînant la patte, ce qui me fit supposer qu'il était blessé.

Je décidai de garder pour moi le secret de ma découverte. Personne n'en a jamais rien su. Je le considérai comme un don des Puissances, à moi seul réservé.

Angô mourut quelques jours avant notre retour, sa blessure s'étant infectée, impuissants que nous étions à conjurer le mal. Il vécut sa longue agonie allongé sur la traîne à laquelle je m'attelais lorsque venait mon tour. Nous étions unanimes à le regretter, car il était audacieux, voire intrépide, et qu'avec l'âge il aurait fait un excellent chasseur. Il portait encore en lui cet instinct de cruauté qui incite les jeunes à considérer les animaux comme des êtres insensibles envers lesquels toute pitié est superflue, mais j'avais bon espoir de lui faire comprendre que, par cette attitude, il faisait insulte aux Puissances. Comme c'était un bon garçon, il m'aurait sûrement écouté.

La rencontre du mammouth a laissé dans ma mémoire une émotion profonde et lancinante, qui remonte au début de ma vie.

La première représentation dont j'eus connaissance date de la visite que je fis, ma main dans celle de mon père, dans une cavité proche des Grandes Falaises, au cours d'une partie de chasse au petit gibier. J'aurais peine, aujourd'hui, à retrouver cet endroit, tant ce souvenir s'est brouillé dans ma mémoire. Ce que je n'ai pas oublié, c'est l'émotion que j'ai ressentie lorsque mon père, une torche de genévrier au poing, m'a montré, non loin de l'entrée mais dans la pénombre, au milieu d'une salle haute de plafond, l'image d'un mammouth gravée sur un à-plat de la paroi.

De la pointe de sa sagaie, il avait suivi la ligne sinueuse de la trompe, des défenses, de la bosse crânienne, de l'échine, en me nommant chaque partie de ce monstre dont la taille était au moins du double de la nôtre.

— Reculons, m'a-t-il dit, nous le verrons mieux dans son ensemble.

Saisi d'une sourde terreur qui me faisait trembler des

pieds à la tête, je contemplai pour la première fois cet animal qui, soudain, dans la lumière dansante de la torche, semblait s'animer. L'ocre qui recouvrait certaines parties de son corps prenait des tons fauves changeants, et le sang paraissait ruisseler des plaies occasionnées par les traits marquant ses blessures. J'avais assisté, insensible, à des tueries de gibier, j'avais vu la vie s'échapper des chairs palpitantes, j'avais entendu les plaintes d'agonie des rennes et des cerfs, les grognements rageurs des ours sacrifiés, sans qu'une seule fois j'eusse senti mon cœur s'émouvoir. Et là, au fond de ce nid suintant d'ombre et de mystère, je me sentais la proie d'un sentiment étrange qui était, j'en ai conscience aujourd'hui, nouveau pour moi, où se mêlaient la pitié et le respect.

Mon père m'attira un peu plus loin, vers l'endroit où la salle se resserrait, ouvrant sur une anfractuosité d'où, avec un léger filet d'air, montait le murmure des eaux ténébreuses qui coulaient dans le ventre de la terre.

— Regarde, me dit-il. Sais-tu de quoi est fait cet entassement ?

— De rochers, père, mais pourquoi sont-ils tout blancs ?

— Parce que ce ne sont pas des rochers, ce sont les restes du mammouth. Ce bloc, que tu ne pourrais pas porter dans tes bras, c'est une mâchoire. Cette masse, c'est le crâne. On en a arraché les défenses qui partaient de ces trous où tu pourrais presque loger ta tête. Cette sorte de bûche énorme, c'est une partie de la jambe...

Il alluma à la précédente la seconde torche de genévrier. La flamme balaya de nouveau l'image du monstre et les gravures qui l'accompagnaient : des points noirs pour indiquer le nombre de chasseurs qui avaient participé à la battue, le tracé du piège dans lequel le mammouth était tombé, une sorte de hutte qui devait être la cabane ou la tente du chef de chasse, et cette image qui me bouleversa : la trace, sur un fond d'ocre rouge, d'une main à laquelle manquait un doigt !

Je n'étais guère porté en ce temps aux spéculations spirituelles qui n'allaient pas tarder à m'obséder et à me faire considérer dans la tribu à la fois comme un excellent chasseur et comme un être singulier, dont on ne se méfiait pas mais que l'on tenait un peu à l'écart en raison de ses idées bizarres. Pourtant, à la suite de cette visite, j'ai senti naître en moi une certaine idée de la nature et de la fonction du chasseur, du respect qu'il doit à ses prises, de la vénération qu'il faut vouer aux Puissances. Face à cette image qui tenait du prodige, je sentais qu'un être d'une qualité particulière venait de se substituer en moi à celui que j'avais été, un enfant *comme les autres*.

Une autre hantise, qui allait se préciser et s'amplifier avec le temps, se développa en moi : celle d'exprimer concrètement, d'une manière durable, sinon impérissable, les divers sentiments qui m'animaient. Aujourd'hui encore, au seuil de la mort, cette obsession est demeurée vivace.

Je laissais parfois ma main armée d'un brandon charbonneux tracer sur une paroi, une table de pierre lisse, une omoplate de renne ou de bœuf, l'image née dans ma tête. Sans prétendre égaler les graveurs et les peintres des grands bestiaires où nous nous rendions parfois pour des cérémonies d'initiation ou de magie propitiatoire, j'ai acquis une certaine habileté à ce jeu. Ma première épouse, Bogha, est partie pour les pays du couchant avec sur sa poitrine une amulette représentant une chouette, son animal favori, auquel elle vouait un culte discret. Pour Cofia et Adulah, j'ai ciselé des images d'animaux sur des amulettes. Je me proposais de faire de même pour Aweïda, avec une image de saïga.

Il m'arriva encore, récemment, de tracer des images d'animaux ou de volatiles sur les parois de mon abri. Jamais de figure humaine, car nos traditions nous l'interdisent, mais des objets usuels. Je pense « sagaie », et j'en dessine une en quelques traits... De même pour une lampe à graisse, un harpon, un lièvre, une chouette, que je réussis assez bien. Je connais le mot et l'objet auquel il se rapporte, mais comment rendre concret, par exemple, le désir de possession de cet objet ou de cet animal autrement que par la parole ? Il y a là un mystère auquel j'achoppe. Lorsqu'il m'effleure, je sens un abîme s'ouvrir devant moi, comme si j'étais aussi inutile qu'un brin d'herbe au fil du vent.

Quand notre race se sera éteinte, quand des hommes nouveaux auront pris possession de nos abris et de nos territoires de chasse, lequel sera en mesure de traduire le sens des signes que nous leur aurons laissés ? Entre l'image et la parole, il y a ce fossé insondable. L'idéal, pour moi, serait de dessiner ou de graver sur la pierre, en marge des figures, des signes plus explicites qui, à l'égal de la parole, d'une manière durable, pourraient donner un prolongement à ce mode d'expression.

Combien faudra-t-il de générations pour venir à bout de cette impuissance ? Autant, sans doute, qu'il y a d'étoiles dans le ciel. Autant que le grand châtaignier, qui étend ses ramures à l'embouchure du ruisseau du Renard, compte de feuilles...

J'évite de faire partager aux hommes de ma génération ma sagesse, ma curiosité, mon goût pour la méditation, les mystères qui bourdonnent en moi et me harcèlent. Ils ont d'autres soucis, et je les comprends, ou alors ils craignent de perdre leur raison dans ces spéculations inutiles et dangereuses et préfèrent laisser aux Esprits et aux Puissances le soin de gouverner leur vie.

Plus jeune, il m'aurait plu, comme l'ont fait mes fils, d'émigrer vers le sud où, me disent-ils, les gens sont davantage évolués que nous. Il m'aurait plu de confronter mon expérience à la leur, de m'enrichir de leurs connaissances comme ils auraient pu s'enrichir des miennes, de savoir quelles sont les entités supérieures auxquelles leur existence est soumise, et s'ils ont appris à matérialiser leur pensée.

Qui pourrait accepter de partager ce que certains tiennent pour de la prétention et d'autres pour de la folie ? Quel voyageur venu des terres lointaines consentirait à me prêter une oreille attentive, s'efforcerait de comprendre mes préoccupations, m'assisterait dans ma recherche du langage nouveau ?

A notre retour de chasse, nous fûmes accueillis, comme d'ordinaire, par des clameurs de joie, des embrassades et des chants.

Notre premier soin, à Hankô et à moi, fut d'aller présenter nos salutations à Vieux-Débris et de lui faire notre rapport. Il gisait sur sa couche de fougère, enveloppé jusqu'aux yeux dans sa fourrure d'ours. Il était, nous dit Tara, alité depuis plusieurs jours, à la suite d'un coup de froid.

Il se dégagea lentement de sa couverture. Son visage avait l'apparence d'un bloc d'argile grisâtre que l'on aurait modelé à coups de poing, et qui révélait sa structure osseuse.

— Mes enfants, nous dit-il d'une voix chevrotante, mes chers enfants... Si votre retour avait tardé de quelques jours, vous n'auriez plus retrouvé que mon cadavre. Ne protestez pas ! Les Puissances ont parlé. Je ne vais pas tarder à répondre à leur appel...

Il pivota sur le bord de sa couche, ouvrit sa bouche édentée où Sabel fit glisser la bouchée de viande qu'elle venait de mâcher. Il l'avala avec une expression de gourmandise en faisant rouler ses yeux morts dans leur orbite. Ses épouses avaient dressé dans le fond de la grotte, à l'endroit le moins humide, sous un décor de bois de cerf, une sorte de niche tendue de peaux d'aurochs et de bœuf qui le préservait des vents coulis. Entretenu avec une constante vigilance, le feu qui occupait le centre de l'abri faisait pénétrer sa chaleur jusqu'à lui. Il communiquait avec l'extérieur par un espace libre entre les rideaux. C'était, pensais-je, comme s'il fût déjà mort et qu'il nous parlât de l'au-delà. Il ne l'était pas. Ses propos étaient confus mais il avait gardé sa curiosité intacte : il ne cessa, durant notre visite, de nous poser des questions pertinentes sur notre campagne. Nous évitâmes de lui parler de la mort d'Angô qu'il aimait plus que son fils, Sword, et plus que ses femmes. Il avait fondé sur lui de grands espoirs.

— C'est très bien, mes enfants, nous dit-il d'une voix éteinte. Dommage que vous n'ayez pu nous ramener ce rhinocéros que vous avez harponné. Sankô aurait pu fabriquer des poudres avec les cornes...

Nous échangeâmes un regard navré : aucun de nous n'avait parlé de ce rhinocéros laineux, dont l'espèce avait depuis longtemps disparu de nos territoires. Le vieillard devait suivre la piste d'un ancien rêve de chasse. C'était le signe évident qu'il battait la campagne et que sa mort était proche.

C'est ce que le sorcier nous confirma :

— J'ai fait sur l'Abba les signes de la mort. Les Esprits et les Puissances ont parlé. Dans trois jours, il aura quitté ce monde.

Il était dit qu'Aweïda n'avait pas fini de nous réserver des surprises.

Durant notre absence, qui avait duré près d'une lune, mes femmes n'avaient pas eu à lui reprocher la moindre tentative de rébellion ou de fuite. Elle s'était montrée docile et même affable.

Elle s'avançait, lorsque le froid n'était pas trop vif, jusqu'au bord de la terrasse, emmitouflée de pelisses, s'y asseyait, les jambes pendantes dans le vide, face au paysage de la vallée, comme broyé par l'hiver, et montrait l'horizon en murmurant mon nom. Elle ne pouvait deviner les raisons de ma longue absence, les modes de chasse des Saïgas étant différents des nôtres. L'hiver avait ramené sur la rivière du menu gibier et les chasseurs restés sur place en approvisionnaient les familles. Comment aurait-on pu lui faire comprendre que ces campagnes de chasse sont une tradition et une nécessité, car la viande rouge est nécessaire à notre survie ?

La Gamine avait un jour rapporté un bloc d'argile ramassé au cours d'une promenade en compagnie de Cofia. Elle l'avait jeté dans un cuveau de pierre et pétri avec de l'eau, sous le regard indulgent de mes femmes qui n'avaient vu là qu'un jeu. Cette masse de terre une fois épurée, elle l'avait posée sur une pierre plate et, en chantonnant, avait commencé à la modeler. Il était sorti de ses mains deux récipients de dimensions différentes. Je n'ai aucune peine à imaginer le dialogue qui a dû suivre entre Cofia et Adulah :

— Qu'est-ce qu'elle est en train de nous fabriquer, la Gamine ?

— C'est trop mou pour que ça puisse servir à quelque chose.

— Nous avons nos outres de peau et nos cuves pour l'eau, des récipients pour faire chauffer le bouillon et la tisane. Ça nous suffit !

— Enfin... si ça l'amuse...

C'était de la part de la Gamine un jeu mais aussi une

activité utile. Elle plaça les deux récipients près du feu, ni trop près ni trop loin, recommanda que l'on se gardât d'y toucher. Quelques jours plus tard, l'argile ayant durci, les objets avaient meilleure apparence. Devant la perplexité de ses gardiennes, Aweïda avait éclaté de rire et, en montrant les récipients, avait énoncé deux mots magiques qui, aujourd'hui, nous sont familiers : « marmite » pour désigner le grand et « gobelet » pour le petit. Ils étaient plus légers que leurs équivalents en pierre mais fragiles. Après l'usage de l'arc et des flèches, nous devions ce nouveau progrès à ma protégée.

Des groupes de curieux s'étaient succédé dans notre abri pour admirer cette nouveauté : des ustensiles en terre. Bientôt chacun voulut avoir chez soi ces objets faciles à réaliser et pratiques : ils allaient au feu et conservaient la chaleur aussi bien que la pierre ou l'os.

Comme Aweïda ne suffisait pas à la demande, elle se fit aider de ses gardiennes. Elles édifièrent sous la direction de la Gamine un petit édicule de pierres liées par de l'argile, qu'elle appela « four », creusèrent à la base et en son centre une fosse à feu, avec au-dessus deux étages de pierres plates où elles rangèrent les récipients à cuire. Aweïda les orna de figures géométriques qui leur donnaient une allure élégante.

Le lendemain de notre retour de chasse, je rendis visite à l'Abba, afin de prendre des nouvelles de sa santé. Il venait de s'endormir ou faisait semblant, pour éviter qu'on ne l'importune, ce qui était bien dans sa manière.

— Tu as bien fait de revenir, me dit Sabel. L'Abba craignait de s'éteindre sans t'avoir revu. C'est à toi qu'il souhaitait faire appel pour lui succéder, mais le conseil a hésité puis a repoussé cette idée. Tous reconnaissent tes qualités et sont persuadés que tu serais un chef irréprochable, mais ils craignent les réactions de Hankô et de sa bande.

Je ne connaissais que trop bien l'influence de Hankô sur certains de nos jeunes chasseurs malléables, sensibles à ses exploits, à sa puissance physique, à son autorité. Il en faisait ce qu'il voulait, et pas toujours pour le meilleur.

— Hankô... dis-je. Je sais que personne n'aurait le courage de s'opposer à lui. Il est capable de tout pour imposer ses vues, mais il sait aussi qu'il n'a pas les capacités nécessaires pour gouverner. Il ne s'inclinera que si le conseil désigne un homme qui ne lui soit pas hostile.

— Dwenô, par exemple ?

— Dwenô, oui. Son oncle. Il en fera ce qu'il voudra. Quant à moi, j'aurais refusé cet honneur. Je tiens à finir mes jours en paix avec tous.

Dwenô n'était pour moi ni un adversaire ni un allié. Moins encore un ami. Certains, portés à l'insolence, l'appelaient Bouillon-Gras, je ne sais trop pourquoi, sans doute en raison de son obésité et de son visage huileux. Il ne manquait pas de bon sens, d'aménité, et ferait un chef acceptable. Je m'étais d'ailleurs laissé dire qu'il avait déjà circonvenu, en notre absence, une partie du conseil et s'était assuré que les autres lui seraient favorables. Les jeux étaient pratiquement faits...

Notre retour de chasse avait occasionné dans la tribu la fièvre habituelle.

Les fumées de boucan, les odeurs de grillade emplissaient les abris. Cette fête est pour nous signe d'abondance et de paix ; elle éteint les querelles, ramène la fraternité et la bonne humeur. Nous faisions cuire nos viandes, chauffer nos bouillons et nos tisanes additionnées de miel et de fruits dans les récipients confectionnés dans le four d'Aweïda. Après le festin, qui pouvait durer trois jours, nous dansions et chantions sur le rythme des tambours.

Les réjouissances achevées, chacun se trouvant repu, il fallut songer à préparer les peaux de renne et de quelque médiocre gibier que nous avions rapportées. Les femmes descendirent en groupe à la rivière afin de les nettoyer et les gratter au racloir après avoir cassé la glace pour retrouver l'eau. Des vieilles les assouplirent ensuite, les malaxant entre leurs gencives, et crachant dans les cendres une salive brunâtre.

Aweïda nous avait appris quelques mots de sa tribu ; je tins à lui révéler les plus usuels de la nôtre. Elle accepta de bon cœur cet échange. A la fin de l'hiver, à l'issue de deux autres campagnes de chasse à laquelle je parvins à me soustraire, nous réussissions à nous comprendre, sinon à tenir une conversation suivie. Quand elle achoppait à une difficulté, son visage rosissait de colère et elle trépignait comme une folle.

L'Abba rejoignit ses ancêtres dans les délais prescrits par les Puissances et annoncés par Sankô. J'en fus prévenu, au matin du troisième jour, par les lamentations de ses femmes et de ses voisines. Dwenô-Bouillon-Gras se hâta de faire prévenir nos alliés : les gens de la rivière Noire, de la rivière Verte et de la Caverne aux Ours ; des délégations des chefferies défilèrent toute la journée et le lendemain.

Tara et Sabel avaient extrait le cadavre de sa niche pour l'exposer, nu, dans l'entrée de son abri, sur un treillis de branchages. Il était presque réduit à l'état de squelette, mais avec un ventre qui faisait bosse car, malgré sa vieillesse, il avait gardé un solide appétit. Sous une touffe de poils grisâtres, son sexe n'était guère plus gros qu'une langue de chèvre boucanée. Le calme de Sword contrastait avec les lamentations bruyantes des deux veuves et de quelques pleureuses appelées en renfort. Il se tenait accroupi près du corps de son père, le bâton sculpté du mort en travers de ses genoux, muet, le regard vide, indifférent aux salutations qu'on lui adressait.

A trois jours de la mort de l'Abba, Sankô décréta que le moment des obsèques était venu. La cérémonie eut lieu en présence des seuls membres du conseil, ce qui m'évita d'y assister, sinon de loin. Sankô se livra à ses contorsions habituelles, enduisant son corps d'ocre rouge, ramassant de la poussière à poignées pour la disperser dans le vide, afin de montrer à tous la précarité et l'insignifiance de la vie terrestre. Quelques Anciens, assis en cercle autour du cadavre, rappelèrent les exploits passés et les mérites du chef vénéré.

Le corps fut transporté sur la structure de perches où, l'été, nous faisons sécher le poisson, et qui, l'hiver, sert à entreposer nos morts : un lieu éloigné des abris, où personne ne se risque sous prétexte qu'il est hanté par les esprits. Il reposa près du cadavre d'Angô, en attendant le retour du printemps et le dégel de la terre.

6

Le temps des rebelles

Les eaux du printemps ruisselaient de toutes parts, suintaient des parois et du plafond de nos abris, remplissaient nos cuves goutte à goutte. Les enfants s'amusèrent à briser à coups de pierres les dernières pendeloques de glace qui subsistaient entre les lierres et les buis. Le ruisseau du Renard déborda et envahit le vallon où il a son lit. La vallée prit l'aspect d'un marécage, forçant les animaux à se réfugier sur les hauteurs. La pluie tomba, drue et violente, durant des jours, nous confinant dans nos abris. Fort heureusement, les deux dernières expéditions de chasse nous avaient abondamment pourvus en viandes de toute nature que nous conservions boucanées ou salées.

C'est Aweïda qui nous enseigna ce nouveau mode de conservation des viandes et des poissons. Il était pratiqué par les siens depuis des temps immémoriaux ; ils le tenaient des mangeurs de coquillages auprès desquels ils se rendaient fréquemment.

Passé une longue et difficile période d'adaptation à notre mode de vie et à nos caractères, la Gamine montrait envers nous des dispositions de moins en moins hostiles.

Nous la laissions libre d'aller et venir, à pied ou à cheval, persuadés qu'elle était en passe d'oublier ses origines et sa rancune envers nous, et qu'elle avait renoncé à nous fausser compagnie. Elle n'abusait pas de la liberté que nous lui accordions, ne poussait jamais très loin ces promenades qui paraissaient aussi nécessaires que manger ou dormir. Elle se plaisait à accompagner les femmes et les enfants qui allaient collecter sur le plateau des escargots, du bois mort ou les dernières baies de genévrier et de prunellier pour notre boisson. Elle aidait, sans se faire prier, aux soins de la cuisine, à l'assemblage des peaux et à l'entretien du feu. Elle apprenait aux enfants les chants des Saïgas, s'efforçait de retenir les nôtres qu'elle chantait avec un accent et des maladresses qui me ravissaient. Quand je me moquais d'elle, que je la reprenais, elle me couvrait d'injures, me martelait la poitrine de ses petits poings puis se faisait pardonner en posant sa tête sur mon épaule.

Aweïda passa une partie de l'hiver à apprendre à nos jeunes chasseurs la fabrication et le maniement de l'arc et des flèches. Il convenait d'utiliser tel bois plutôt que tel autre, des tendons de tel animal plutôt que de tel autre. Elle vérifiait méticuleusement les pointes de flèche que Bandwa lui livrait. J'assistai, le jour où elle lui en rendit une poignée en lui disant qu'elles n'étaient pas suffisamment travaillées, à une scène cocasse.

Bandwa, rouge de colère, s'écria :

— Par mille tonnerres ! Ce n'est pas cette gamine qui va m'apprendre mon métier ! Jamais contente... Elle voudrait maintenant que je lui fabrique des pointes en ivoire ! C'est un travail de femme. Moi, je ne connais que la pierre, mais je la connais bien...

Aweïda ne faisait que rire de ces diatribes, d'autant qu'elle n'en comprenait pas un traître mot.

Elle tenait à monter elle-même les arcs et les flèches avec les matériaux que nous lui livrions et qu'elle triait avec une rigueur qui faisait mon admiration. Pour l'empennage, elle exigeait certaines plumes de volatiles ; elle les ébarbait à l'aide d'un couteau, sur une pierre plate, les plaçait dans la rainure ouverte à la base de la tige, avec infiniment de délicatesse, comme s'il s'agissait d'une parure.

La confection des arcs se révélait plus difficile et requérait de sa part une attention soutenue. Elle exigeait du bois d'if, celui dont était faite l'arme qu'Abela nous avait ramenée et qui nous avait tant intrigués. Je passai des jours à rechercher cet arbre, rare sous nos climats, lui en rapportai quelques branches qui la mirent au comble de la joie. Elle les écorça, les fendit, les polit et, par je ne sais quelle opération qui semblait tenir de la magie, par l'eau et le feu, elle leur donna la courbe qu'elle souhaitait. Elle accordait le même soin à la confection de la corde et des ligatures. L'arme terminée, elle allait elle-même l'essayer sur la prairie.

Durant tout l'hiver, comme en se jouant, Aweïda avait réalisé une dizaine d'arcs et une centaine de flèches, qu'elle essayait avec les jeunes, organisant entre eux des concours. C'était une fête à laquelle j'assistais avec intérêt et ravissement.

Il me vint, au cours de ces essais, une inquiétude : est-ce que les élèves de ma protégée n'allaient pas être tentés, étant donné la supériorité que leur conférait cette arme nouvelle, d'agresser certaines tribus avec lesquelles nous avions des rapports conflictuels ? Ils ont échappé jusqu'à présent à cette tentation, grâce en partie à mes mises en garde, mais rien ne dit qu'un jour...

L'idée me vint, et je la réalisai, d'installer dans mon abri, qui est suffisamment vaste, un atelier pour la fabrication de pointes de flèche en ivoire ou en os et de réaliser ainsi le souhait de ma protégée. Je dus affronter de nouveau la colère de Bandwa. Il bougonna :

— Mille tonnerres ! je vais bientôt me retrouver seul dans mon atelier. Les uns après les autres, mes élèves foutent le camp. Il ne restera bientôt plus qu'à fermer boutique. C'est à croire que cette petite femelle les a ensorcelés...

Hankô ne fut pas le dernier à s'initier à la fabrication et au maniement de l'arc.

Il déboucha un jour dans mon abri porteur d'une énorme brassée de branches d'if collectées je ne sais où. Je m'attendais à un débordement de joie de la part d'Aweïda ; elle le remercia d'un simple sourire.

Il semblait avoir accepté le rejet de sa candidature à la succession de Vieux-Débris, certain qu'il était d'avoir en Dwenô un allié sûr. Il me laissa entendre qu'il me tenait pour responsable de cet échec, auquel j'étais totalement étranger. Mon ami et voisin, Kôm, me rapporta les propos qu'il avait tenus devant un groupe de jeunes de sa bande, et qui m'ont fait froid dans le dos :

— Si Marah ne me poursuivait pas de sa haine, s'il n'avait pas raconté des ragots sur mon compte, c'est moi qui serais aujourd'hui le chef ! Il ne me pardonne pas d'avoir tenté de lui enlever Aweïda pour en faire ma femme. Il la veut pour lui tout seul, ce vieux salaud... On dit qu'il ne l'a pas encore couchée dans son lit, mais j'en doute...

Cette diatribe m'avait ulcéré et inquiété, mais je m'efforçais de faire bon visage à cette brute, persuadé qu'il chercherait un jour à se venger de moi et à me ravir ma protégée. Il aurait, pour cette revanche, le concours du nouveau chef : Dwenô-Bouillon-Gras.

J'avais accepté sans réticence qu'il se joignît aux élèves d'Aweïda pour s'initier à la confection des pointes de flèche, mais son assiduité me laissait perplexe, et je ne le quittais pas de l'œil. Lui non plus, d'ailleurs. Le jour où, je ne sais plus en quelles circonstances, Aweïda me sauta au cou, il poussa un juron et se retira.

Hankô paraissait à ce point désireux de s'approprier ma compagne qu'il m'envoya son ami Ork comme émissaire pour une négociation. Le jeune chasseur s'assit près de moi et attendit, pour me livrer son message, que Cofia lui eût servi un gobelet de jus d'airelles.

— Je viens de la part de Hankô, me dit-il d'un air gêné. Il estime que votre mésentente a assez duré. Quoi que tu en penses, il a de la sympathie pour toi et te tient pour le meilleur chasseur de la tribu.

— A la bonne heure ! m'écriai-je. Je suis tout disposé à répondre à ses avances, mais je suppose que tu vas me proposer un marché...

Ork toussota en buvant sa boisson, en répandit sur sa poitrine.

— Hankô, bredouilla-t-il, souhaite, euh... que tu lui cèdes Aweïda. Il te la paiera le prix que tu fixeras. Il est fou de cette fille et ferait n'importe quoi pour l'obtenir. Je crois même qu'il n'hésiterait pas à tuer pour arriver à ses fins.

Je souris avant de répondre :

— Les temps ont changé, Ork, et je te charge de le dire à ton ami. Les hommes des temps jadis, qui vivaient comme des ours et se nourrissaient de viande crue, auraient réglé ce conflit à leur façon : à la massue. Aujourd'hui, nos compagnes ne sont plus des objets que l'on peut vendre ou échanger. Tu ajouteras que, si Aweïda est consentante, je n'irai pas contre sa volonté, mais j'en doute. Tu lui diras enfin que cette fille m'a été confiée par l'Abba qui vient de mourir et que ce serait trahir sa mémoire que de consentir à ce marché. C'est une question d'honneur, Ork...

Je n'ignorais pas comment ma protégée eût été traitée par cette brute de Hankô, au cas où ce marché aurait abouti : il avait tant malmené son épouse qu'elle en était morte. Le conseil avait décidé d'exclure le meurtrier de la tribu, mais l'Abba s'y était opposé parce qu'il redoutait la colère de Hankô qui, de plus, était l'un des meilleurs chasseurs des Grandes Falaises. Depuis cet événement, Hankô vivait seul et se livrait, pour satisfaire ses envies, à des agressions que l'on prenait soin d'étouffer pour ne pas l'irriter.

Je proposai de demander à Aweïda ce qu'elle pensait de cette éventualité. Je la fis appeler et, en crochetant mes mains, je lui dis :

— Toi... Hankô... ensemble...

Je n'eus pas à me répéter. Elle recula, tendit le poing à Ork, cracha dans le feu et disparut.

— Eh bien, soit... soupira Ork. Je vais faire mon rapport à Hankô. Si j'ai un conseil à te donner, parce que j'ai de l'estime pour le grand chasseur que tu es, c'est de prendre garde à toi...

Je suivis le conseil que m'avait donné le jeune chasseur et veillai, avec plus de vigilance qu'auparavant, à la sécurité d'Aweïda et à la mienne.

Je ne parcourais jamais vingt pas à travers la forêt sans me retourner et, en toute circonstance, gardais ma sagaie au poing. Il ne m'arriva plus de quitter mon abri sans demander à mon voisin, Kôm, dit Barbe-Rouge, de veiller sur ma famille. Je ne tardai pas à me rendre compte que mes craintes d'une agression n'étaient pas fondées mais que je ne devais pas relâcher ma vigilance : Hankô avait choisi un moyen moins radical d'obtenir ce qu'il voulait si ardemment, avec une astuce qui faisait honneur à sa ruse.

Profitant des bons rapports qu'il entretenait avec Bouillon-Gras, notre nouveau chef, il avait élaboré une machination en forme de piège dans lequel Aweïda et moi allions tomber.

C'est ainsi que je reçus un jour un envoyé du conseil des Anciens, chargé d'un message me convoquant à une assemblée. Cette démarche me laissa d'autant plus perplexe qu'aucun motif n'était donné de cette décision, que je n'avais rien à me reprocher, que je n'étais engagé dans aucune affaire d'importance notable.

J'obtempérai malgré tout à la convocation et pris place dans le cercle, face à Kôm, qui fuyait mon regard, et à mon autre voisin, Beugh, qui me considérait avec une morgue inhabituelle, les autres restant songeurs, le regard perdu dans le feu qui brillait entre nous, selon la coutume, en toute saison, pour marquer la présence des Esprits.

Dwenô ouvrit la séance en frappant trois fois de son bâton sculpté sur une pierre et, ce qui me parut suspect, se livra sur ma personne à un panégyrique exagéré. Il ajouta :

— C'est te dire, Marah, l'estime dans laquelle nous te tenons. Je connais le respect que tu voues à nos personnes et à nos décisions.

Conscient que ce préambule n'était que la goutte de miel avant le poison, j'opinai cependant d'un geste de la tête. Je m'attendais au pire.

— Nous savons tous, ici présents, ajouta Bouillon-Gras, les rapports détestables que tu entretiens avec Hankô. Cependant...

Je l'interrompis avec une insolence qui souleva des murmures.

— La discorde dont tu parles n'est pas de mon fait. Tous ici peuvent en attester, et celui qui dira le contraire mentira ! Cette haine qu'il me porte, vous en connaissez tous l'origine.

Dwenô essuya d'une main son visage qui s'était mis à suer d'abondance, sans que la chaleur du foyer y fût pour quelque chose.

— Venons-en au fait ! dit-il en frappant la pierre de son bâton. Hankô nous a informés de son désir de mettre fin à son célibat. Il n'a pas, comme toi, la chance d'avoir deux femmes et une petite femelle à son foyer. Il n'est pas normal qu'un homme comme lui, dans la force de l'âge et capable de donner des enfants à la tribu, reste seul, et...

Une nouvelle fois, je laissai éclater ma colère :

— Il ne doit s'en prendre qu'à lui ! Vous savez ce qu'il est advenu à sa femme ! Aucune de nos filles n'accepterait de partager son abri.

— Certes, bredouilla Ivô, nous ne l'avons pas oublié, et nous lui en avons fait grief, mais il y avait des raisons à sa violence : Tona était fainéante, désobéissante et surtout stérile. Elle ne méritait pas de vivre !

Des approbations et des protestations fusèrent de concert. Dwenô les interrompit d'un geste.

— Je répète, dit-il, qu'il faut une femme à Hankô, si nous ne voulons pas qu'il émigre, et nous devons l'aider à en trouver une. Nous avons pensé, et nous sommes presque unanimes sur ce point, que nous pourrions... euh... que nous pourrions lui confier ta protégée, Marah, en veillant à ce qu'il la traite sans brutalité.

Comme j'avais, depuis le début, subodoré cette proposition, je ne manifestai aucune surprise. On guettait ma réaction. Je fis attendre ma réponse. Elle fut tranchante :

— Aweïda m'a été confiée par notre ancien chef, contre ma promesse de veiller sur elle. J'ai tenu parole. Aweïda deviendra l'épouse de Hankô seulement si elle le souhaite. Ork a dû vous dire ce qu'elle en pensait.

Le visage convulsé par la fureur, Toloo s'écria :

— Depuis quand nos filles et nos femmes font-elles la loi ? Je ne connais qu'un moyen de faire entendre raison à cette obstinée : la fouetter !

— On voit bien, dit Kôm-Barbe-Rouge, que tu la

connais mal. Même en la menaçant de mort, elle ne changerait pas d'avis.

Beugh insinua que, si je manifestais autant de réticences pour « une petite femelle qui venait on ne sait d'où », c'était probablement que je l'avais mise dans mon lit et que je me proposais d'en faire ma troisième femme, alors que d'autres n'avaient que le feu pour leur tenir chaud la nuit.

— Bref ! lança Dwenô, te voilà prévenu, Marah. Tu as trois jours pour nous livrer la petite femelle.

— Et si je refuse ?

— Je te le déconseille. Nos lois sont dures pour les rebelles...

Je quittai le conseil, l'angoisse au cœur malgré mon calme apparent, mais bien décidé à ne pas obtempérer. La promesse faite à Vieux-Débris m'interdisait de me soumettre, mais surtout cette évidence : un attachement profond à Aweïda, qui se renforçait de jour en jour et changeait peu à peu de nature. Je ne la considérais plus comme *ma* fille adoptive, mais comme *une* fille pareille à une autre, que je pourrais, quand il me plairait, mettre dans mon lit, à laquelle je pourrais confier ma semence.

De cette confrontation avec l'autorité suprême de la tribu, je ne dis rien à mes femmes. Elles ne furent pas dupes de mon mutisme, mais, après une tentative infructueuse, renoncèrent à m'interroger, redoutant une vive réaction de ma part. Elles l'apprendraient bien assez tôt, par des commérages...

Je passai une nuit blanche entre Adulah et Aweïda. La Gamine, comme elle le faisait d'ordinaire, dormait, ses cheveux mêlés à ma barbe, sa tête sur ma poitrine, une de ses jambes en travers des miennes. Je restai une partie de cette longue nuit à écouter son souffle régulier, ses gémissements, les mots de sa tribu qu'elle prononçait parfois dans son sommeil. Les flammèches montant des braises détaillaient la ligne sinueuse de son épaule, de son visage à l'ovale parfait, et les mèches de cheveux dont l'ombre balayait son front lisse et bombé comme un galet.

Je me dis que jamais je ne pourrais me séparer d'Aweïda, qu'elle faisait partie de ma vie et que me l'enlever eût été comme m'arracher un membre. Elle m'apportait, avec son odeur de jeunesse, sa vivacité, le souffle annonciateur de temps nouveaux. On m'avait traité comme un rebelle en puissance, et je l'étais assurément, mais la rébellion est la seule parade contre l'injustice, d'où qu'elle vienne.

Comme je m'agitais dans mon sommeil, elle me caressa le visage, effleura mon cou de ses lèvres et murmura :

— Marah... toi, pas dormir... Pourquoi ?

Elle resserra son étreinte, émit un léger grognement et se rendormit.

Au matin, ma décision était prise.

Le lendemain de mon entrevue avec le conseil, je me rendis à la grotte des Morts, celle où reposent mes ancêtres.

On trouve dans cet ossuaire, m'a-t-on dit, les restes du chef qui fut le héros d'une guerre contre la tribu de la rivière Verte, aux temps anciens, pour d'obscures questions de limites territoriales. J'ignore son nom, mais je sais à quel endroit est placé son crâne : c'est celui qui porte la trace d'un choc à l'occiput, sous une couche d'ocre encore nette malgré le temps, avec une fleurette bleue lui sortant par une orbite, pareille à un regard.

Les crânes des chefs de la tribu, qui, durant des générations, ont veillé sur son destin, sont tous là, bien alignés ou superposés, les plus anciens au bas de la paroi, couleur de terre, avec des traces de limaces. Ils constituent une sorte de conseil dont se dégage une étrange impression de sérénité.

C'est là, lorsque quelque affaire me préoccupe et que j'hésite à prendre une décision, que je viens méditer, face à ces crânes sans souvenirs mais non sans âme. Je n'attends pas des avis et des conseils de ces mâchoires d'où ne sort que du vent, mais un écho à ma propre sagesse, favorisé par cette suprême solitude.

Je me suis agenouillé. J'ai retiré de ma sacoche quelques pincées d'une poudre d'herbes et les ai répandues sur le socle destiné aux fumigations. Quelques chocs de mes pierres à feu, et l'étincelle a jailli, puis une petite flamme et une fumée odorante qui s'est répandue dans la cavité large d'une dizaine de coudées et basse de plafond, sombre comme la nuit derrière le mur de pierres qui la protège des fauves.

Parmi ces alignements de crânes figure celui d'un de mes ancêtres qui fut chef des Grandes Falaises à une époque que j'ignore, sous un nom et un sobriquet dont je ne me souviens pas. Il est attaché par un lien de clématite à un autre crâne, qui n'est pas celui de son épouse, comme je l'avais supposé, ce sanctuaire étant interdit aux femmes, mais celui d'un ours qu'il avait capturé et qui le suivait dans ses chasses et ses promenades.

Ce que j'attendais de cette visite, c'est une confrontation avec moi-même ou, plus précisément, avec deux personnages antagonistes qui s'affrontaient en moi : le sujet de l'Abba, soucieux du respect de l'autorité, et ce personnage réfractaire, décidé, envers et contre tous, à conserver une fille qu'il considérait comme son bien le plus précieux : le rebelle...

Les arguments se pressaient dans ma tête, s'y bousculaient, s'y confrontaient. Si grande était la confusion qui s'emparait de moi que je ressentis les premières atteintes de la folie et décidai de mettre un terme à ce conflit stérile, d'autant que ma décision était prise depuis la nuit précédente. Ma conscience donnait raison au rebelle. Sa voix me disait : « Jamais tu ne pourras te séparer d'Aweïda. Elle est plus que le sel de ta vie : comme la chair de ta chair. »

Sans en informer qui que ce soit, hormis mes femmes, je fis mes préparatifs destinés à mettre ma protégée à l'abri. Lorsque Cofia ou Adulah m'interrogeait, je répondais que j'avais décidé d'aller chasser sur les étangs et d'en ramener le gibier qui commençait à manquer.

— La Gamine me suivra, dis-je. Je veux qu'elle m'apprenne à chasser avec un arc et des flèches.

Elles échangèrent un regard soupçonneux.

— As-tu bien réfléchi ? me dit Cofia. Cette petite femelle ne tardera pas à t'échapper. Tu ne vas tout de même pas l'attacher à un arbre !

Je la rassurai, persuadé qu'Aweïda ne chercherait pas à s'enfuir, et d'ailleurs, pour aller où ? Les nomades saïgas avaient depuis longtemps disparu et elle ne pourrait les rejoindre, seule, exposée à tous les dangers de la forêt et de la toundra.

Par quelques mots qu'elle comprenait et par des signes, j'expliquai à Aweïda que nous allions partir pour la chasse, elle et moi, seuls. Elle sauta contre ma poitrine, passa sa langue sur ma nuque, se mit à danser sur place. Puis, d'un air grave, elle me demanda si nous partirions avec son cheval ; je la déçus en lui faisant comprendre qu'il ne nous serait d'aucune utilité et nous encombrerait. Mes femmes veilleraient sur lui.

Pour ne pas susciter la curiosité du voisinage, nous quittâmes les Grandes Falaises avant le lever du jour. Il faisait, je m'en souviens, un temps clair et frais, avec un incendie de nuages du côté du levant. Nous longeâmes la rivière non en direction des étangs du Nord où sont nos meilleurs lieux de chasse, mais vers la Caverne aux

Ours, que nous atteindrions après une journée de marche. C'est là que je comptais mettre Aweïda à l'abri.

Le printemps éclatait de toutes parts, sauvage et doux, traversé par des brumes de pollen, des vols d'abeilles et de moustiques, des chants d'oiseaux en délire, sous un ciel d'un bleu intense, sillonné par des compagnies d'oiseaux migrateurs remontant vers le nord. Débarrassée de ses derniers glaçons depuis près d'une lune, la rivière ne reflétait plus que ce ciel lumineux et les verdures nouvelles. Les saumons n'allaient pas tarder à remonter son cours en groupes serrés ; Aweïda me montra les premiers qui évoluaient entre les roches. Dans une faille où subsistait une pente de glace, des loutres jouaient à glisser du sommet au pied de la nappe. Un peu plus loin, nous surprîmes un ours assis dans le lit d'un ruisseau, en train de gober des éphémères qui formaient un brouillard autour de lui. D'un bord à l'autre de l'horizon, une rumeur profonde montait de la terre. En collant notre oreille aux troncs d'arbre, nous aurions pu entendre le murmure de la sève remontant vers les extrêmes ramures.

L'état d'Aweïda confinait à l'ébriété : elle allait devant et à une telle allure que j'avais du mal à la suivre. Elle s'arrêtait brusquement pour observer une harde de cerfs, un troupeau de bœufs ou d'aurochs, une cavalcade de tarpans, une famille de loups juchés sur une table de roche... Tout lui était spectacle, tout lui était ravissement. Elle devait retrouver dans sa mémoire le souvenir de son existence dans la horde des Saïgas. Regrettait-elle ce temps ? Je ne saurais le dire, et elle n'avait pas les moyens de se confier à moi.

Au soir de cette longue marche, nous atteignîmes, en longeant la grande vallée hantée jadis par des hardes de mammouths, le chemin escarpé, à flanc de colline, qui mène vers la Caverne aux Ours, dont le chef est mon ami Gwan, qui avait naguère négocié le départ des Saïgas. Moins évoluée, moins nombreuse et moins puissante que la nôtre, sa tribu a fait de longue date alliance avec nous, pour se protéger des incursions des hommes encore à demi sauvages qui peuplent les montagnes Vertes.

La tradition d'hospitalité de cette peuplade me laissait espérer que ma protégée pourrait y trouver un asile sûr, le temps que s'apaise le conflit qui m'opposait au conseil. L'accueil du jeune chef fut tel que je l'attendais. Il me pressa contre sa poitrine constellée de crocs d'ours et de sanglier, prononça les formules habituelles de bienvenue, me présenta sa famille.

Lorsque, après le repas, je lui eus exposé la raison de ma venue, il fronça les sourcils et prit un air grave pour me déclarer qu'il devait en référer aux autres familles. Il passa la matinée du lendemain en palabres avant de me dire d'un air gêné :

— Ce que tu me demandes, Marah, est impossible. Toutes les familles ont rejeté ma proposition. Ce qu'elles craignent... c'est une rupture de l'alliance avec les tiens, pour le cas où ils apprendraient que nous avons aidé un rebelle.

Je maîtrisais en moi la déception et la colère.

— Je te comprends, Gwan, et je comprends les tiens. Je regrette de t'avoir mis maladroitement dans l'embarras. Oublie ma démarche.

Penaud, tête basse, grattant ses genoux, il bredouillait d'un air pitoyable :

— Il faut nous comprendre, Marah... Il faut nous comprendre...

Aweïda ne sembla pas déçue. La perspective de

passer des lunes et des lunes chez ces gens la révulsait. J'en avais la certitude en observant sa mine dégoûtée devant le désordre, la saleté et la puanteur qui régnaient dans ces abris, et l'attitude hostile de leurs habitants.

Je repoussai avec un sourire amer le présent que me tendait Gwan, un collier de dents d'ours, et fis signe à Aweïda que nous reprenions notre chemin.

Je me disais que nous pourrions recevoir un meilleur accueil dans la tribu de la rivière Verte, située en direction du sud, à moins d'une journée des Grandes Falaises.

Le chef, Terek, demeurait dans une anfractuosité ouverte au flanc d'une falaise plus abrupte que les nôtres. Il aurait mérité, comme notre défunt Abba, le sobriquet de Vieux-Débris. Il était maigre comme un sac d'os ; un de ses bras était amputé au niveau du coude à la suite de la morsure d'un glouton. Il était à moitié aveugle et sourd, si bien que ses femmes traduisaient mes propos en criant à son oreille, ce qui ne prêtait guère à la confidence. Il grattait furieusement sa barbe en marmonnant des paroles d'autant plus inaudibles que l'accent de cette tribu diffère du nôtre. Je n'avais pas de peine à comprendre, en revanche, que notre présence l'importunait.

L'une de ses femmes traduisit sa réponse. Elle était brève : mon problème ne le concernait en rien, il ne voulait pas, lui non plus, compromettre ses bons rapports avec notre conseil, et nous ordonnait de reprendre notre route.

J'étais d'autant plus ulcéré par ce nouveau refus que, contrairement aux gens de la Caverne aux Ours, ceux de la rivière Verte ne manquaient de rien, le gibier abondant en cette vallée.

Terek ne nous proposa pas de nous héberger, ne

m'offrit aucun cadeau pour se faire pardonner son refus et nous congédia d'un simple geste.

Nous étions, Aweïda et moi, las de cette randonnée décevante. Les images du printemps qui nous avaient émerveillés au départ se fondaient dans une brume de morosité et de mauvaise humeur. Je rabrouais ma compagne lorsqu'elle traînait la jambe ou s'attardait à observer le manège d'un animal ; elle ripostait vertement, avec des mots empruntés à notre langue et qui me blessaient. L'envie me démangea à plusieurs reprises de la battre, mais je me retins, de crainte que, sur un accès d'humeur, elle ne se séparât de moi.

Je faillis pourtant en venir là, un soir, où, épuisée, elle manifesta son intention de camper pour la nuit dans une caverne que je connaissais bien et qui avait mauvaise réputation : on la disait hantée par les Esprits. Ceux qui s'y étaient aventurés en étaient ressortis, affolés, prétendant qu'ils avaient été réveillés en pleine nuit par des hululements sinistres et des présences mystérieuses.

Aweïda s'obstinait avec d'autant plus de conviction que j'étais incapable de lui faire comprendre mes réticences, si bien que je la molestai vigoureusement. En l'espace d'un éclair, j'avais la pointe de son couteau sur ma gorge. Je pris le parti de sourire et d'en passer par sa volonté. Il est vrai que la fatigue et la faim nous accablaient et que nous risquions, en dédaignant cet abri, d'être surpris par la nuit, sans une tente pour nous protéger.

Ce fut notre première querelle. Il en eût fallu bien plus pour faire de nous des ennemis.

Nous nous installâmes donc pour une nuitée dont j'avais tout à redouter, superstitieux que je suis, comme tous mes congénères. Nous dévorâmes nos provisions, assis sur le seuil, dans la clarté rouge du crépuscule. La nuit venue, nous nous couchâmes sur un lit de feuilles mortes précipitamment entassées. Je restai longtemps sans fermer l'œil, attentif au moindre bruit, au moindre mouvement de l'air, tandis qu'Aweïda dormait d'un sommeil profond, accompagné de feulements de chat sauvage. Je ne perçus que le hululement du vent dans le couloir de roches qui s'enfonçait dans la colline, le tumulte d'une famille de putois ou de genettes en chaleur qui se disputaient un nid, les vagues sombres des roussettes. Rassuré, je me laissai glisser dans le sommeil.

En m'éloignant de la rivière Verte, je me disais que nous étions des vagabonds, promis à une longue errance. Je ne savais quelle direction prendre, où trouver pour ma compagne un abri provisoire. Il ne restait dans les parages que la tribu de la rivière Noire, proche de la nôtre de moins d'une demi-journée de marche, si bien que notre présence n'eût pas tardé à être éventée.

Alors que nous errions sans but à travers les forêts bruissantes de printemps, je me souvins que mon père m'emmenait parfois chasser et pêcher dans une cabane qu'il avait édifiée de ses mains, près d'un étang. C'était une installation rudimentaire mais suffisante pour les brefs séjours que nous y effectuions. Nous en rapportions des carpes énormes, des cygnes, des loutres et autres gibiers d'eau.

J'eus du mal à retrouver les pistes qui y menaient. Il me fallut une longue journée de prospection, de divagation, de retours en arrière, avant que j'aperçoive, du haut d'une colline, la lumière éblouissante de l'étang dont les lignes sinueuses se perdaient dans d'épaisses saulaies.

— Nous y sommes ! m'écriai-je. Regarde la cabane, là-bas, près de ce gros rocher...

Déçue, Aweïda haussa les épaules : sans doute attendait-elle, comme lieu d'exil, un endroit moins sauvage et moins désert. Je lui pris la main et l'entraînai ; elle me suivit sans conviction.

Je n'étais pas revenu depuis de nombreuses lunes dans cet endroit de chasse. La cabane était dans un état lamentable : toit de branchages défoncé, structure branlante, sol envahi par une végétation sauvage... En revanche, le site ne manquait pas d'agrément, la proximité de l'étang assurait notre subsistance, et sa situation, en dehors du réseau des pistes, était la garantie de notre sécurité.

Ses préventions rapidement estompées, Aweïda se prit au jeu : elle m'aida à rendre la cabane habitable et solide, à refaire une toiture capable de nous abriter de la pluie ; elle débarrassa le sol des orties et des ronces qui l'avaient envahi, retrouva la piste qui menait à l'étang, situé à une portée de sagaie ; elle élimina quelques reptiles qui avaient élu domicile dans les parages, de grosses couleuvres qui, dépiautées par ses soins, fournirent l'ordinaire de quelques repas.

Au lendemain de notre arrivée, alors qu'elle se tenait accroupie sur le seuil en train de se livrer à un jeu divinatoire avec ses osselets, elle poussa un cri en me désignant une grosse pierre creusée d'une ouverture à sa base.

— Bourbou ! Gros bourbou !

Un crapaud d'une taille monstrueuse venait, en quelques bonds, de jaillir de son nid. J'avais ainsi appris un nouveau mot des Saïgas : « bourbou », pour crapaud.

— Ce n'est qu'un crapaud, dis-je. Un crapaud. Pas méchant...

Muni d'une brindille, je caressai la peau grenue. La bestiole se souleva et, de terreur, laissa échapper un jet d'urine, puis, lentement, prit la direction de l'étang. Le bourbou revint à la nuit tombante, pas effarouché, gobant les bribes de couleuvre que nous lui lancions.

— Au moins, dis-je, tu ne manqueras pas de compagnie...

L'abri ne semblait pas avoir été habité depuis la mort de mon père, sinon par de petits fauves qui avaient laissé des traces de griffes sur les montants. Il n'avait pas été pillé car je retrouvai un reliquat de son dernier séjour : des hameçons d'os, des fils en nerf de renne, des pièges, une vieille couverture en peau de loup à moitié pourrie et jusqu'aux restes de son dernier repas : des os de volatiles jetés dans la fosse à feu. Mon père n'était pas un grand chasseur, un accident occasionné dans sa jeunesse par une charge de bisons lui ayant brisé une jambe, ce qui le faisait boiter et lui avait interdit les longues expéditions. Il s'était rabattu sur des chasses plus banales, le piégeage notamment, où il excellait.

Le soir de notre arrivée, mon premier soin fut de débarrasser la fosse à feu des cendres qui avaient pris la consistance d'une croûte. Nous restâmes un moment, côte à côte, à regarder le feu dévorer, avec une sorte de gourmandise, le bois sec que nous lui jetions. C'est le ravissement que dut ressentir le premier homme de l'humanité, en découvrant ce don des Puissances, qui allait changer sa vie. Pour nous aussi, c'était comme l'annonce d'une ère nouvelle. Le temps que nous passerions ensemble, nous et le feu, allait revêtir une notion de partage : il nous rendrait en lumière et en chaleur la nourriture que nous lui donnerions. Le laisser mourir serait une sorte de trahison.

Nous tendîmes les mains vers les premières flammes, comme pour un salut et une caresse, avec un sourire grave. J'avais annoncé à ma compagne que nous allions devoir nous séparer au bout de quelques jours. Je n'étais guère inquiet sur son sort : elle avait, depuis sa naissance, l'habitude de vivre dans l'intimité de la nature, sans le toit d'une caverne au-dessus de sa tête ; elle était suffisamment armée pour se défendre des fauves, et le courage ne lui faisait pas défaut ; de plus, la distance entre notre cabane et les Grandes Falaises n'était pas telle que je ne puisse venir la retrouver de temps à autre.

La nuit tombée, dans un concert de grillons, de grenouilles et de crapauds, elle me prit la main pour me conduire au bord de l'étang, sur une petite plage de graviers, entre roselières et herbe à mammouth, battue par des vaguelettes que la lune montante bordait d'éclats de silex. L'air était encore moite de l'ardeur du jour. L'odeur sauvage de l'eau se mêlait à celle des haies d'épines blanches qui constellaient les abords de la cabane. Elle posa la tête sur ma poitrine, tendit un bras vers le ciel d'une pureté de torrent. Je compris qu'elle me désignait les constellations, mais qu'aurais-je pu comprendre, ignorant que je suis de la science des astres ? Ces noms qui, dans sa bouche, prenaient un accent de litanie sauvage, j'aurais aimé les retenir, apprendre les chemins du ciel que les Puissances empruntent pour descendre vers les hommes, mais, aujourd'hui encore, j'ai du mal à m'en souvenir.

Ce soir-là, j'avais l'impression que les Puissances étaient parvenues jusqu'à nous, non pour faire éclater leurs colères d'orage, mais pour nous témoigner leur complicité. Elles nous effleuraient de leurs ailes sombres et tentaient de nous témoigner leur sollicitude.

Ce jardin d'étoiles, dont ma compagne me détaillait les plus éclatantes, me conduisait sur le chemin du mystère. Ce monde où nous vivons, pauvre vermine, où commence-t-il et où finit-il ? Derrière les plus brillantes de ces étoiles, d'autres, plus ternes, scintillaient comme des étincelles de mica sur une roche, et d'autres encore, plus loin et plus profond, formaient une sorte de brouillard laiteux étiré à l'infini.

Cet endroit me plaisait tant que j'aurais volontiers décidé, quoi qu'il dût m'en coûter, de prolonger mon séjour. C'était la première fois depuis notre départ que je me retrouvais seul avec Aweïda.

Je me plaisais à concevoir une vie organisée autour de cette solitude à deux. Cette tentation n'avait rien d'insolite, d'irréalisable, ni de répréhensible aux yeux de la tribu. Il arrive que de vieux chasseurs, parce qu'ils sont las de vivre ou qu'ils souhaitent échapper à la justice du conseil, prennent le chemin de la forêt pour y finir leurs jours. Moi, c'est de vivre dont j'avais envie. Une envie terrible. Une dernière flambée. Lorsque je me penchais sur le sommeil de ma compagne, ce désir me harcelait avec plus d'insistance, au point de me faire renoncer au retour.

Nos actes de chasse se bornaient à baguenauder autour de notre étang, réserve inépuisable de subsistance.

Nous partions tôt dans la matinée, notre arc en bandoulière. Le crapaud Bourbou semblait nous attendre. Aweïda lui jetait un regard de dégoût, le repoussait du pied en l'insultant, ce qu'il devait prendre pour un jeu. Il nous accompagnait jusqu'au bord de l'étang, s'enfonçait avec délices dans la joncaille et l'herbe à mammouth, ne laissant surnager que sa tête granuleuse et ses yeux globuleux, couleur d'airelle.

Et la chasse commençait.

Le gibier d'eau était d'une telle abondance et d'une telle diversité que le chasser était d'une facilité extrême et que nous n'y prenions aucun plaisir. Canards et cygnes constituaient l'essentiel de notre ordinaire, mais Aweïda ne dédaignait pas briser les reins d'une couleuvre, assommer un hérisson ou capturer des grenouilles, qu'elle préparait avec des herbes ou les premiers fruits. De temps à autre, nous tirions une poule d'eau ou un faisan ; ma compagne en conservait les plumes dont elle tissait des couronnes pour occuper ses mains, aux heures du soir. Nous avions renoncé au gros gibier. Qu'aurions-nous fait d'un cerf ou d'une antilope saïga, animal sacré des nomades ?

J'eus de la peine et du mal à faire admettre à Aweïda que j'allais devoir la quitter. Je pris ses mains et les plaquai contre ma poitrine pour lui faire comprendre combien je l'aimais, que nous étions unis à jamais et que je ne tarderais pas à revenir. Elle ne parut pas convaincue et bouda tout le reste de la journée.

Au soir tombant, elle me précéda comme d'habitude vers l'étang, sur la petite plage que nous avions recouverte d'un tapis d'herbes et de roseaux. A ma grande surprise, elle commença à se dévêtir. Malgré la confusion qui s'emparait de moi, je la laissai faire. Avait-elle décidé de plonger dans l'étang, ou me proposait-elle de la prendre ? Cette dernière idée creusa en moi un vertige allié à un désir comparable en violence à l'approche d'une tourmente d'été sur la steppe. Elle sourit, prit mon sexe rigide dans sa main et le dirigea vers elle. Je n'eus pas le temps de la pénétrer et laissai dans sa paume le témoignage de mon désir.

Alors que nous reposions encore dans la fraîcheur de l'aube, je fis d'elle ma femme, puis je courus vers l'étang pour me laver de ma sueur et de ma honte. Je n'avais pas abusé de cette fille à peine nubile, mais je gardais de cette étreinte un remords aussi cuisant qu'une blessure.

Au retour, une idée me vint à l'esprit : celle de partir avec elle, le plus loin possible des Grandes Falaises, au bout du monde, là où personne ne viendrait nous chercher, me fondre en elle, oublier mon passé et ma vie présente, retrouver les plaisirs et les joies de ma jeunesse. Je n'étais pas encore à l'âge où je devrais renoncer à ce qui fait le charme de l'existence.

Avec la même intensité, je ressentis un sentiment de honte : quoi que j'en pense, j'appartenais à un monde que je ne pouvais effacer d'un revers de main. L'abandonner, c'était le trahir. Peu à peu, mon élan d'égoïsme cédait le pas au devoir. Je maintins ma décision de revenir aux Grandes Falaises, sans me condamner à ne jamais revoir Aweïda.

Le matin du jour prévu pour mon départ, Aweïda s'éloigna de notre cabane à mon insu, alors que je venais de tendre un piège sur une passée de lièvre. Au retour, je la cherchai et l'appelai, l'angoisse au cœur. J'avais presque fait le tour de l'étang lorsque je la découvris, assise au pied d'un saule, occupée à jeter des poignées de gravillon dans l'eau. Je me dis qu'elle faisait l'essai de sa solitude.

Je la ramenai sans peine à la cabane et me substituai à elle pour préparer notre repas. Elle me regardait faire d'un air absent, en peignant sa chevelure avec sa main.

Lorsque je la quittai, au milieu de la journée, elle me refusa une dernière étreinte et me repoussa sans un mot.

— Je ne tarderai pas à revenir, lui dis-je. Je te jure que je reviendrai.

J'ignore ce qu'elle comprit. Elle me tourna le dos sans un mot.

J'arrivai aux Grandes Falaises peu avant la nuit, dans la lumière froide, couleur de sang, qui barbouillait cette gigantesque muraille et crépitait sur les traces humides suintant du sommet.

En abordant mon abri, au bout de la longue échelle qui dessert nos terrasses, je m'attendais à des questions de la part de mes femmes ; j'en fus harcelé !

— Pourquoi as-tu tant tardé à revenir ?

— Pourquoi ne rapportes-tu rien ?

— Qu'as-tu fait de la Gamine ?

Pourquoi... pourquoi... Excédé, je me réfugiai dans le mensonge : si j'étais resté absent plus longtemps que je ne l'avais prévu, c'est que la Gamine s'était échappée et que je l'avais cherchée en vain... Je ne ramenais rien parce que, par sa faute, j'avais d'autres soucis que la chasse... Elles ne furent pas dupes. J'ajoutai :

— Et maintenant, laissez-moi en paix ! J'ai fait un long chemin. J'ai faim et sommeil.

En me servant le filet de renne qu'elle venait de faire réchauffer, Cofia me confia que Hankô était furieux de ma disparition et de celle d'Aweïda. Il harcelait le conseil pour qu'il fasse effectuer des recherches et demandait justice.

Le conseil ne tarda pas à me convoquer, comme je l'avais prévu, ce qui me laissa indifférent, tant j'étais certain que l'on ne retrouverait pas ma protégée et que le pire châtiment ne pourrait me convaincre de la livrer à Hankô. Avant de me rendre dans l'abri où se déroulent les palabres des Anciens, j'allai me purifier à la rivière et demander l'appui des Puissances et des Esprits.

Dwenô-Bouillon-Gras rappela le conflit qui m'opposait à Hankô, puis me posa abruptement la question que j'attendais :

— Où est ta protégée ?

J'avais trop bien préparé ma réponse pour me sentir gêné. Je racontai qu'elle m'avait échappé à la faveur de la nuit. Ma vigilance s'était relâchée, j'en convenais volontiers, mais j'étais accablé de fatigue, et il fallait bien quc je dorme. Le matin, en m'éveillant, je n'avais retrouvé que les liens qu'elle avait passé la nuit à ronger. J'étais parti à sa recherche, mais elle avait pris soin d'effacer ses traces et de brouiller sa piste. Cela s'était passé, racontai-je avec aplomb, à des journées de marche en direction du soleil couchant, alors que la cabane se situe dans la direction opposée. J'ajoutai que j'étais tout disposé à guider Hankô vers cet endroit. On jugea que ce n'était pas nécessaire, et que d'ailleurs je devais mentir effrontément.

Bouillon-Gras ne savait que dire. Il tapait à petits coups sur la pierre du foyer, comme s'il voulait en faire surgir la vérité. Il soupira profondément et lâcha, à bout de réflexion :

— Marah, tu as commis une lourde faute en laissant

s'échapper cette jeune femelle. Il faut s'attendre à ce que Hankô, à qui nous l'avons promise, réclame une réparation. Qu'as-tu à lui proposer ? Une de tes femmes, peut-être, la plus jeune...

Le rire par lequel j'accueillis cette proposition lui fit froncer les sourcils. Je croyais qu'il plaisantait ; cette proposition, je ne tardai pas à le comprendre à l'attitude du conseil, était des plus sérieuses. Je fus accablé de reproches et de regards furibonds.

Cette idée était tellement absurde que je n'eus aucun mal à la contredire : c'eût été une entorse à une tradition ancienne comme notre tribu ; une femme ne peut être cédée sans son assentiment à un autre homme que celui qu'elle a épousé ; s'attaquer à ce droit inaliénable, c'était ouvrir la porte à l'injustice et aux abus...

Le conseil parut impressionné par mes arguments. J'ajoutai :

— Si Hankô m'avait fait cette proposition, je lui aurais sauté à la gorge !

— C'est bon, bougonna Dwenô. Alors, comment comptes-tu dédommager ton rival ?

— Je ne pourrais accepter de le dédommager que si je lui avais fait subir un préjudice. Je ne lui ai pas enlevé Aweïda puisqu'elle ne lui appartenait pas ! En revanche, j'accepte votre jugement, et je m'y soumettrai, tout en le considérant comme une injustice.

Cette attitude laissa les anciens perplexes. Je constatai avec satisfaction que mes arguments soulevaient entre eux des controverses et des palabres à voix basse. Le chef me demanda de me retirer en attendant qu'une décision fût prise. Il me fit rappeler peu après et me dit d'un air sentencieux, les mains à plat sur l'outre de son ventre :

— Nous allons suivre ton idée, Marah, et partir à la

recherche de la fugitive. Il faudra que tu nous indiques avec précision l'endroit de votre dernier campement. Il ne sera pas nécessaire que tu nous suives. Nous avons d'ailleurs décidé de ton châtiment : tu seras enfermé dans l'abri de Sekô. Ainsi, tu ne manqueras pas de compagnie...

L'ironie contenue dans la dernière phrase de Dwenô faillit me faire bondir. M'enfermer avec Sekô était la pire punition qui pût m'être infligée. Le fils de Vieux-Débris était idiot mais inoffensif ; depuis que les Puissances lui avaient ôté la raison, dans son plus jeune âge, il végétait, seul, dans une cavité étroite et humide, au bas des falaises, proche de celles où l'on enfermait l'ours du sacrifice et le tarpan d'Aweïda.

— Tu t'y rendras de ton plein gré dès demain, poursuivit Dwenô. Nous te faisons confiance. Tu paierais de ta vie un refus d'obéissance. J'ai dit !

La cohabitation avec l'idiot était moins désagréable que je ne le craignais.

Sekô semblait soudé au rebord de pierre sur lequel il était assis. Il n'en bougeait pas, même pour satisfaire ses besoins naturels, si bien que cette cavité dégageait une odeur répugnante. On se contentait de le conduire de temps à autre à la rivière où on le plongeait sans ménagement, malgré ses pleurs, pour le laver.

J'étais fasciné par le regard égaré de ses yeux globuleux qui me rappelaient ceux du crapaud Bourbou, par son visage décharné sous une barbe grouillante de vermine qui ne paraissait pas l'indisposer, par ses jambes squelettiques dépassant de ses guenilles. Il demeurait muet durant la journée, mais la nuit ravivait en lui des visions d'épouvante ; ses cris et ses lamentations me réveillaient en sursaut ; j'avais du mal à retrouver le sommeil, mais je me rattrapais dans la journée, car je n'avais rien d'autre à faire.

Dès le premier jour, après avoir tenté de communiquer avec lui et d'interrompre le mouvement de son corps, qui allait d'avant en arrière inlassablement, je compris que je me heurtais à un mur. Ce qui m'importunait bien davantage, c'était l'odeur qui émanait de cette sorte de cadavre, son regard froid et vide qui s'accrochait à moi, cette présence constante, qui n'en était pas une...

J'obtins sans insister l'eau nécessaire à lui faire une toilette quotidienne, en même temps que la mienne. Je l'arrachais à son socle, lui inondais le corps, le frottais avec du sable pour en détacher les squames, jusqu'à rendre sa peau rosâtre. Il paraissait indifférent et insensible. J'obtins de même que sa paillasse souillée d'urine et de merde fût changée tous les trois ou quatre jours, et qu'on lui donnât des vêtements chauds et convenables au lieu de ces loques grouillantes de poux. Quant à sa nourriture, je fis en sorte qu'elle fût identique à la mienne, en qualité et en quantité.

Le plus pénible était pour moi l'inaction. Tromper le temps était devenu mon souci quotidien.

De derrière la clôture, je suivais de l'œil le va-et-vient des femmes qui se rendaient à la rivière pour y nettoyer les peaux, les jeux des enfants qui faisaient la course, montés sur le cheval d'Aweïda, la promenade des vieux qui, passant près de moi, me jetaient un regard compatissant.

Chaque matin, je gravais un trait sur la paroi rocheuse, pour signifier qu'un jour venait de s'écouler. De temps à autre, quand l'ennui s'emparait de moi, ce qui était ma hantise, je traçais au charbon, sur la pierre, des signes qui naissaient dans ma tête et n'avaient aucune signification précise. Cette opération ressemblait étrangement aux prémices de la folie, comme si je subissais l'influence du pauvre Sekô.

Naguère, Aweïda s'amusait à dessiner sur une pierre plate des objets usuels, ce dont je ne voyais pas l'utilité. Elle disait « marmite », et la forme de ce récipient sortait de ses mains... Elle disait « arc » et « flèche » et l'image naissait spontanément... Ce pouvait être un harpon, une tente, un cheval ou un autre animal. Elle était loin d'avoir le talent des peintres de sanctuaires où je me proposais de la conduire, mais les formes qui sortaient de ses mains étaient criantes de réalité et de précision.

Restait à accompagner ces images de l'activité à laquelle elles étaient liées. Cet obstacle ne l'avait pas arrêtée. Pour dire qu'elle avait soif, elle dessinait sommairement un gobelet approché d'une bouche. La difficulté n'était pas pour elle de représenter l'action de boire mais de signifier la soif. Et là, son charbon restait suspendu à la porte du mystère.

Elle me surprit le jour où elle dessina une scène de chasse à l'antilope saïga d'une telle vérité qu'il n'y avait rien à reprendre. Elle posa un doigt sur le chasseur en disant : « Toi, Marah... » Elle le reporta sur l'animal blessé et ajouta avec un regard empreint de détresse : « Moi... »

Muni d'un bois charbonneux, je me livrai à ce jeu et en tirai, à défaut d'une réponse au mystère qui se cachait derrière cette action, un plaisir nouveau. Dessiner un objet familier était facile ; il en allait autrement lorsque je souhaitais aller au-delà, exprimer un sentiment ou une obsession. Comment ma main aurait-elle pu traduire ces simples mots : « Aweïda, je pense sans cesse à toi », ou encore : « Il faut que je tue Hankô » ?

J'achoppai aux difficultés insurmontables qu'avait éprouvées Aweïda.

Tuer Hankô... En dépit de toute logique, cette idée faisait son chemin en moi. J'en rêvais la nuit, je la méditais le jour. Avant son départ, il était venu me narguer. Il avait balayé la clôture avec le manche de sa sagaie, avant de me lancer :

— Alors, Marah, tu ne t'ennuies pas trop ? La nourriture est bonne ? Rassure-toi, ta délivrance ne tardera guère. Lorsque j'aurai retrouvé la petite femelle, tu seras libre. Je donnerai une grande fête. Tu y seras invité...

Je ramassai une poignée de boue et la lui jetai au visage à travers les barreaux. Il grogna :

— J'aurai ta peau, Marah ! Ça ne tardera guère...

Le temps avait tourné à la pluie. Elle tomba à torrents, fit déborder la rivière, inonda la vallée. Je regardais avec inquiétude l'eau monter de jour en jour, tourbillonnant autour des énormes blocs de roche qui encombraient son cours, gagner, pouce à pouce, l'espace de prairie qui nous séparait de la berge. Notre prison inondée, daignerait-on venir nous délivrer ? Je me réveillais la nuit pour écouter le clapotis du courant contre les arbres et surveiller la frange qui se rapprochait de nous. J'avais peur, j'avais froid, je m'abritais des gouttes qui filtraient du plafond sous une peau de bœuf, et je fis de même pour mon compagnon.

Un matin, je constatai, en collant mon visage aux barreaux, que la pluie avait cessé. Ce n'était pas encore le grand soleil du printemps, mais le ciel, dégagé par endroits, avait pris des teintes suaves. La rivière amorça sa décrue. Il était temps : l'eau n'était plus qu'à deux ou trois coudées, boueuse et chargée de débris.

Les jours succédaient aux jours et l'espoir d'une délivrance s'amenuisait. Un espoir contre lequel je luttais : je ne serais libre que si Hankô retrouvait Aweïda, et j'aurais donné ma vie pour qu'il échouât. J'étais dans une impasse : si l'expédition ne mettait pas la main sur la fugitive, la vengeance de Hankô serait terrible ; si elle était prise, elle serait perdue pour moi et je toucherais le fond de la détresse.

Un matin, Dwenô me fit extraire de ma prison et conduire devant le conseil. Les Anciens paraissaient d'humeur sombre, l'expédition ayant échoué. Après avoir fait sèchement son rapport, Hankô s'écria, en me montrant du doigt :

— Marah nous a trahis ! Il sait où se trouve cette petite femelle, et sûrement pas très loin. Il nous a aiguillés sur une fausse piste. Je connais un moyen infaillible de lui faire cracher la vérité. Laissez-moi seul avec lui...

Les Anciens se concertèrent bruyamment. Je constatai avec satisfaction que la plupart s'élevaient contre la perspective de me faire avouer sous la torture. Leur réponse fut négative, à quelques exceptions près. On craignait Hankô mais on ne l'aimait pas, et on le lui fit bien comprendre. Il ravala sa déception et, avant de se retirer, me lança :

— Tu ne perds rien pour attendre ! Un jour, nous réglerons nos comptes...

Je me contentai de sourire mais n'en menais pas large, persuadé que les comptes dont il parlait pourraient bien se régler les armes à la main, et je n'étais pas en mesure de lui tenir tête.

— Tu es libre, me dit Dwenô, mais je t'interdis de t'éloigner de ton abri sans mon autorisation. J'ai dit !

En regagnant ma grotte, je songeais à Aweïda. Comment supportait-elle sa solitude ? Comment passait-elle son temps ? Ne s'était-elle pas crue abandonnée ? Le pire aurait été qu'elle eût quitté sa cabane pour partir à l'aventure, à la recherche des Saïgas, sachant qu'elle ne pourrait les retrouver. Ce qui me rassurait, c'est que, avec la belle saison et l'abondance du petit gibier, elle ne devait manquer de rien. En revanche, la mauvaise saison venue, comment parviendrait-elle à subsister ?

Fort heureusement, nous n'en étions pas encore là : le printemps s'achevait à peine.

Cofia et Adulah m'accueillirent comme si je rentrais d'une partie de pêche. Il est vrai qu'elles m'avaient rendu visite chaque jour pour m'apporter un complément de vivres que je partageais avec Sekô. Il y avait eu la veille une distribution de viande fraîche. La marmite de terre débordait de bouillon de moelle et répandait une odeur bouleversante. Je me gavai de cette nourriture dont j'avais été privé le temps de ma détention, puis, mon festin achevé, je rotai profondément pour manifester ma satisfaction. Elles riaient comme des folles, me taquinaient en jouant avec une brindille dans ma barbe hirsute et sur ma nuque, me firent boire des rasades de boisson fermentée, si bien que je ne manifestai aucune réticence lorsqu'elles m'entraînèrent dans le fond de l'abri, m'ôtèrent mes vêtements en riant aux éclats et m'ouvrirent leurs cuisses avec un bel ensemble.

Je pris mon plaisir avec elles à tour de rôle, et j'ai la fierté de croire qu'elles furent satisfaites, mais, en les possédant, c'est à Aweïda que je songeais. Peut-être, me disais-je, entrait-il un calcul dans le don qu'elle m'avait fait de son corps : cette union m'attachait à elle par des liens renforcés. La rouerie des femmes nous fait souvent tomber dans des pièges indiscernables. Aweïda ne devait pas échapper à la règle, éveillée qu'elle était, et plus subtile que mes femmes. Je ne lui en voulais pas, et même je ne l'en aimais que davantage, car c'était pour me garder qu'elle avait agi ainsi, ce qui me semblait une preuve d'amour.

Il fallait une femme à Hankô. Tant qu'il n'aurait pas obtenu satisfaction, il serait dangereux comme un fauve.

Il avait renoncé à l'idée absurde d'obtenir la plus jeune de mes épouses. Il avait effectué la même démarche, mais avec une attitude moins autoritaire, auprès de quelques familles et avait essuyé partout un refus assorti de bonnes raisons qui cachaient de sérieuses réserves, personne n'ayant oublié les mauvais traitements qu'il avait infligés à Tona. Exaspéré par cette hostilité, il se livrait à des agressions sur des femmes que les hommes dédaignaient en raison de leur physique ingrat ou de leur caractère acariâtre, contre des veuves ou des filles aux mœurs dissolues. S'il éprouvait quelque résistance, il n'hésitait pas à faire preuve de violence. Quelques-unes d'entre elles allèrent se plaindre au conseil, mais il aurait fallu un autre châtiment que de simples admonestations pour modérer son comportement.

Il s'était constitué autour de lui un groupe de jeunes hommes qui l'escortaient dans ses équipées, lui obéissaient au doigt et à l'œil et n'auraient pas hésité, pour lui montrer leur soumission, à accomplir les actes les plus violents et les plus sordides. Contre ce pouvoir occulte qui narguait leur autorité, les Anciens étaient impuissants à réagir et n'en avaient pas vraiment la volonté, persuadés qu'ils étaient que Hankô aurait exercé des sévices contre certains d'entre eux.

L'opposition de la tribu aux excès de Hankô et de sa bande me fut confirmée peu après ma libération, par mon voisin et ami, Kôm, dit Barbe-Rouge. Il m'attira vers le front de mon abri, posa sa main sur mon épaule pour me manifester son amitié.

— Marah, me dit-il à voix basse, tu sais le sentiment que j'ai pour toi et que tu partages. Dans l'affaire qui t'oppose à Hankô, tu as plus de partisans que tu ne l'imagines, malgré... euh... malgré, de ta part, un comportement que certains jugent assez singulier.

Il observa un long silence avant d'ajouter :

— Tu as parfois des idées qui détonnent dans notre mode de vie et de pensée. Il en est qui te considèrent comme un personnage hors du commun, et d'autres qui estiment que tes opinions et ton comportement peuvent être dangereux pour nos traditions, nos croyances, notre façon de vivre même. J'en connais qui s'imaginent que tu ambitionnes de prendre la place de Dwenô, pour réformer nos lois, et que tu attends ton heure...

Ma réaction fut vive. Je rappelai à Kôm que j'aurais pu succéder à Vieux-Débris, qu'on m'y engageait, que j'avais refusé.

— Je suis satisfait de ma condition, Kôm, et je souhaite continuer à mener ma vie à ma guise, dans la mesure où je ne porte tort à qui que ce soit. Je respecte nos traditions et nos croyances, personne ne pourrait dire le contraire, mais je me réserve le droit de penser que tout est perfectible et que nous accrocher à notre mode de vie en refusant d'y rien changer est absurde et dangereux. Le progrès devrait être pour nous une règle absolue. Voilà ce que je pense...

— Certes, certes... Cependant...

— Le passage des nomades saïgas, la capture d'Aweïda nous ont rappelé que certaines peuplades sont plus évoluées que nous. Refuser de l'admettre est sans fondement. Ma protégée nous a appris beaucoup de choses, dois-je te le rappeler ? Que nous pouvons chasser avec d'autres armes que la sagaie, que nous pouvons faire cuire nos aliments dans des récipients de terre, que nous pouvons domestiquer des animaux... Elle pourrait nous en apprendre bien davantage. Ce n'est pas de nous, Kôm, figés comme nous le sommes dans nos convictions, que nous pouvons attendre le progrès, mais de ceux qui nous ont devancés.

Kôm garda un moment le silence en égrenant d'une main nerveuse les grains d'un bracelet, avant de poursuivre :

— Ma visite a un autre but, Marah. Lorsque ton différend avec Hankô sera éteint, mes collègues du conseil souhaitent te désigner pour remplacer Dwenô, dont l'incompétence et le manque d'autorité sont notoires.

— Je refuserai cet honneur ! Ce n'est plus de mon âge, et je n'aspire qu'au repos. Tu sais, d'ailleurs, que je n'ai jamais eu cette ambition. C'est aux jeunes chasseurs de s'imposer. En revanche, si mes modestes lumières peuvent être utiles à la tribu, j'en serai ravi et flatté. Mets en garde Dwenô et le conseil contre Hankô et sa bande. Il a de l'ambition, lui, et il n'hésiterait pas à prendre le pouvoir par un coup de force. Ce jour-là, vous me trouveriez à vos côtés...

Les tentatives pour retrouver Aweïda s'étant soldées par un échec, le conseil décida sagement d'y renoncer.

L'été régnait sur la vallée. La pluie ayant cessé, la rivière avait regagné son lit, et ses eaux avaient repris, avec leur cours tranquille, leur sombre limpidité. Les dernières passées de migrateurs ne sillonnaient plus le ciel depuis une lune et la disette était écartée.

Le soir, sur le seuil de mon abri, devant les tentures de peau qui nous protégeaient encore de la fraîcheur de la nuit, je m'accroupissais pour jouer, sur la petite flûte d'os qu'Aweïda avait confectionnée pour moi, des airs qui me passaient par la tête. Les aubépines accrochées aux anfractuosités de la roche, entre le lierre et le buis, embaumaient l'air tiède de la soirée. Je regardais monter des lointains de la forêt et des marécages, empêtrée dans les premières brumes, une grosse lune rougeâtre.

Je commençais à prendre mon parti de l'absence d'Aweïda et parvenais même à me convaincre qu'elle était perdue pour moi. Lasse d'une interminable attente, elle avait dû abandonner sa retraite pour se rendre je ne sais où, sûrement pas pour revenir aux Grandes Falaises et retomber dans le piège qu'on lui avait tendu. Peut-être aussi avait-elle été victime de ces fauves que nous voyions sortir le soir de la forêt pour s'abreuver à l'étang. Comment aurait-elle pu se défendre contre eux ? Son arc et ses flèches ne lui eussent pas été d'un grand secours.

Une des expéditions destinées à découvrir la cachette d'Aweïda me ramena une nouvelle qui me fit chaud au cœur et m'inquiéta. Kôm-Barbe-Rouge me confia :

— Il y a un mammouth dans les parages. Nous avons découvert ses traces et une bouse énorme. Hankô envisage de monter une battue pour aller le chasser.

Je protestai :

— Chasser ce mammouth serait une absurdité et une insulte aux Puissances !

— Une insulte aux Puissances ? Je n'en vois pas la raison. D'ailleurs, toi, Marah, tu en as tué un ! Tout le monde s'en souvient ! Alors, pourquoi cette réaction ?

J'étais bien incapable de donner forme à ma protestation. Ce mammouth, je voulais le protéger parce que c'était le dernier, une image fabuleuse du passé, l'ultime cadeau des Puissances avant la fin d'une ère, une image de beauté sauvage à laquelle j'étais peut-être le seul sensible, au point de considérer ce mastodonte comme mon bien...

— Hankô est courageux, dis-je. Qu'il aille donc affronter seul ce monstre s'il en a l'audace. Il en tirera une telle gloire qu'on ne pourra rien lui refuser et qu'il deviendra le chef. S'il survit...

Nous étions à la fin de la première lune d'été quand deux chasseurs, Akw et Brankô, rentrèrent à bout de souffle. Ils se précipitèrent à la chefferie, criant qu'ils venaient de découvrir où se cachait la fugitive, et qu'ils voulaient d'urgence voir Dwenô. C'est une fumée qui leur avait révélé sa présence.

— Pourquoi ne pas me l'avoir ramenée ? gronda le chef.

Ils redoutaient, dirent-ils, ses pouvoirs magiques, sa réputation de sorcière. Ils s'étaient contentés de l'observer, dissimulés derrière un rocher. L'endroit où elle se cachait — une cabane au bord d'un étang — ils le retrouveraient sans peine...

La nouvelle me frappa de plein fouet et suscita en moi un double sentiment : la certitude que ma compagne était encore en vie et n'avait pas désespéré de mon retour ; l'angoisse à la pensée qu'on allait la ramener, maîtrisée et ligotée, pour la jeter aux pieds de mon rival. Cette dernière éventualité m'était insupportable, car c'est la vie de ma protégée qui était en jeu : elle se rebellerait ; il la tuerait... Quoi qu'il en soit, je sentais bien qu'elle était perdue pour moi.

La visite que me rendit Dwenô faillit mal tourner.

La colère se lisait sur son visage gras, huilé de sueur ; elle éclata dans sa voix lorsqu'il me lança, du seuil de mon abri, sans observer les salutations d'usage :

— Marah, tu nous as trompés ! Tu as tenté d'égarer nos expéditions, mais nous avons fini par retrouver ta petite femelle.

— Tu m'en vois ravi ! répondis-je en jouant l'indifférence. Il faut croire qu'elle s'est déplacée après m'avoir échappé. Où l'a-t-on vue ? Est-elle indemne, au moins ?

— Elle ne semble pas avoir souffert de ton absence, bougonna le chef, mais ne joue pas au plus fin avec moi. Tu sais parfaitement où elle se cache : dans la direction opposée à celle que tu nous as indiquée. Tu t'es bien moqué de nous !

— Pense ce que tu voudras ! L'essentiel est qu'on l'ait retrouvée et qu'elle soit en bonne santé.

— Ne te réjouis pas trop vite, Marah ! Tu sais à qui nous allons la confier.

— Je la connais trop pour savoir qu'elle ne supportera pas d'être tannée comme une peau de renne par cette brute de Hankô. Je ne le supporterai pas non plus. N'oublie pas qu'elle est fière : c'est la fille du chef des Saïgas. Alors, ne te fais pas trop d'illusions sur sa docilité et attends-toi à beaucoup d'ennuis...

Dwenô se mit à tourner sur lui-même et à danser comme un ours, en proie à une colère violente. Il pointa son index vers moi en s'écriant :

— Tu me paieras cette insolence ! Ne tente rien pour t'opposer à notre projet. Tu sais ce que tu risquerais ?

Je ne le savais que trop bien : la proscription ou la mort. Nos lois sont sévères pour les rebelles.

7

Retour aux Grandes Falaises

Par faveur exceptionnelle, la rancœur de Dwenô s'étant apaisée sous la pression du conseil, j'obtins la permission d'accompagner mes épouses pour un pèlerinage à la grotte de la Fécondité, un site proche des Grandes Falaises. Le vallon étroit, mal aéré, envahi par des marécages, est habité par une population aussi débile que discrète, qui dépérit, en proie aux fièvres engendrées par l'humidité constante et les moustiques qui la harcèlent dès les premières chaleurs.

Il existe, à proximité des abris, une image gravée dans les temps anciens sur une paroi, sous une avancée de roche. Elle représente ce que notre tribu et celles des environs considèrent comme l'effigie d'une sorcière ou d'une femme-Abba, une Mâ, une génitrice sacrée, sous la forme d'une matrone aux formes rebondies, qui tient une corne dans sa main tendue.

Depuis des temps immémoriaux, ce lieu est l'objet d'un culte de la part des femmes. A la belle saison, elles s'y rendent pour célébrer la fécondité, par des prières, des incantations bruyantes et des offrandes. Elles font brûler, sur des tablettes de pierre, des bouquets aromatiques, y déposent des parures, des présents sous forme de vivres, et des statuettes d'os ou d'ivoire représentant des sexes masculins et féminins, que fabriquent les gens de la tribu, ce qui constitue leur principale ressource, car ce sont de piètres chasseurs. Des abris voisins sont réservés aux accouplements propitiatoires.

Il faisait ce jour-là, je m'en souviens, un temps doux et gris, et des bouffées de vent nous apportaient, avec l'odeur de pourriture des marais, le parfum des herbes brûlées. La rumeur des fidèles en prière débordait aux alentours comme une brume sonore, mêlée à des lamentations et à des cris d'enfants. Cofia et Adulah se joignirent aux suppliantes, touchèrent du plat de leurs mains le ventre épanoui de la Mâ.

J'avais troqué un petit sac de viande séchée contre une statuette taillée dans un os de renne, représentant un ventre de femme au sexe apparent, qui tenait dans le creux de la main. Je l'avais confiée à Adulah ; elle m'avait remercié d'un sourire. Je m'en abstins avec Cofia : elle n'est plus en âge de procréer...

J'attendis leur retour en liant conversation avec les fabricants de bibelots. Ces pauvres hères, vêtus de défroques puantes et loqueteuses, ne m'apprirent que peu de chose de leur mode de vie et du travail de l'os. Ils n'attendaient de moi que l'objet du troc.

Je me pris à imaginer ce qu'aurait pu être notre vie, à Aweïda et à moi, la progéniture généreuse dont elle aurait pu me combler, les envies que nous aurions pu susciter parmi les familles stériles. J'ai la certitude que, malgré mon âge avancé, je serais encore susceptible de procréer. Mais Aweïda n'était plus là. Au moment où je me livrais à cette vaine rêverie, les nôtres étaient partis à sa recherche dans la forêt et n'allaient pas tarder à la ramener.

Trois jours plus tard, ces chasseurs de femme étaient de retour. Ils précédaient mon Aweïda, trébuchante, les mains liées, les chevilles entravées, ses vêtements en loques à la suite, sans doute, d'une âpre défense. Après le passage du pont de lianes, elle siffla en direction de l'abri où l'on avait enfermé son tarpan ; un hennissement lui répondit.

Je n'allai pas à ses devants. Le désespoir me jeta au fond de ma tanière, sur le tas de peaux dominé par les défenses de mammouth. Assis sur le caisson à viande, j'écoutais la rumeur montant des terrasses où nos gens se pressaient pour assister au retour de la captive. J'appris un peu plus tard, par Cofia, qu'Aweïda m'avait appelé à plusieurs reprises en escaladant les échelles, tenue en laisse par Hankô triomphant. Je grelottais, me griffais les joues, prononçais son nom à voix basse, comme une réponse vaine à un appel que je n'avais pas entendu.

Je restai dans cette position jusqu'à la fin du jour, refusant de rien voir et de rien entendre, plus seul que je ne l'avais été durant ma longue existence. Le soir venu, je refusai le bouillon de moelle et la viande grillée que Cofia poussa devant moi et passai la nuit qui suivit à me demander ce que pouvait bien faire Aweïda et à proférer des menaces : « Je vais te tuer, Hankô... A la première occasion, je te tuerai... »

Je passai des jours dans le marasme profond qui me minait, ne prenant que la nourriture nécessaire pour ne pas tomber d'inanition, dormant d'un sommeil agité.

J'envoyais Cofia ou Adulah sur la terrasse inférieure, où se situait l'abri de mon rival, pour me rendre compte de la situation. On ne voyait que rarement la Gamine ;

elle était toujours entravée, mais on ne l'entendait plus se plaindre...

— Quoi encore, Cofia ?

— Ses voisins disent que Hankô ne la brutalise pas, qu'il lui prépare sa nourriture, qu'elle finira par accepter sa nouvelle existence.

— Et toi, Adulah, qu'as-tu observé ?

— Rien d'autre, mais je doute qu'elle se soumette. Elle déteste Hankô et ne tardera pas à le lui montrer, si ce n'est déjà fait. Il voudra la prendre de force. Elle refusera. Le jour où elle sera libre de ses mouvements, elle lui jouera un mauvais tour.

Décidé à rompre le cercle de folie qui se refermait sur moi, je demandai à l'Abba l'autorisation de m'éloigner pour un temps que je n'aurais pu lui préciser. Il accepta sans réserve, persuadé sans doute que mon absence permettrait d'éviter un incident.

— Où comptes-tu te rendre ? me demanda-t-il.

— Je n'en sais rien encore.

— Quand reviendras-tu ?

— Je l'ignore.

— Au moins, reviendras-tu ?

— Seuls les Esprits pourraient te répondre.

Il soupira :

— Pars en paix, Marah. Tes épouses ne manqueront de rien, je te le promets. Quant à Aweïda...

Je l'interrompis d'un geste en lui disant que je préférais ne rien savoir d'elle. Le lendemain, mon bagage sur le dos, mon arc en bandoulière, les sagaies aux poings, je traversai la rivière et pris le chemin de la forêt.

Je savais où me rendre.

Je retrouvai la cabane de chasse dans un triste état. Sans doute par esprit de vengeance, Hankô et ses hommes avaient démantibulé sa structure, crevé le toit, dispersé le mobilier et les objets, brisé les récipients d'argile où se marquait encore l'empreinte des mains d'Aweïda, déféqué dans la fosse à feu.

Il me fallut deux longues journées pour réparer les dégâts, nettoyer l'intérieur de la cabane et ses abords, rassembler le bois nécessaire à un long séjour et me mettre en quête de nourriture.

Ma subsistance ne me posait pas de problème, les parages abondant en gibier de toutes sortes. Aweïda m'avait appris à préparer les reptiles et les grenouilles avec des herbes. Avec la glu qui servait à mes appeaux, je recollai les morceaux des récipients de terre victimes d'un sacrilège. Je me confectionnai, avec ce qui restait de vieilles peaux, une couverture pour la nuit. Des fougères et des touffes de poils de renne amassés par le vent contre les parois me serviraient de couche.

L'intense activité que je déployai durant ces deux jours contribua à ramener en moi, sinon l'oubli, du moins la sérénité. Je ne pouvais que me féliciter de la décision que j'avais prise de m'éloigner des Grandes Falaises. En restant, j'aurais peu à peu sombré dans la folie et commis des actes irréparables. Je n'avais pas l'impression d'être vraiment seul, car je retrouvais partout la présence de ma compagne : la pierre tendre où elle affûtait ses aiguilles d'os et ses couteaux, la pièce de bois enrobée de fourrure où elle reposait sa tête en dormant, une couronne de fleurs séchées mêlées à des plumes qu'elle portait dans nos promenades autour de l'étang, les entailles qu'elle avait faites sur un pilier de la cabane pour marquer le nombre des jours...

Le crapaud Bourbou avait survécu à la tornade. Il me rendit visite dès mon arrivée, comme s'il attendait sa pitance. Il engloutit les débris que je lui jetai, urina lorsque j'avançai la main pour le caresser, me suivit lorsque je me rendis au bord de l'étang.

J'avais retrouvé avec émotion la petite plage de gravier, la couche d'herbe, à peine dérangée par les intempéries, fleurie de petits champignons, où elle m'avait révélé sa passion. Je m'y allongeai, le regard perdu dans les branches des saules, sous des vols de libellules grosses comme le doigt, qu'elle chassait avec une branche de coudrier et dont elle aspirait l'intérieur avec une expression gourmande qui me ravissait, disant :

— Bon... bon... toi, goûter...

Je restai là tard dans la nuit, dans le coassement des grenouilles, le crapaud Bourbou à mon côté, à observer le jeu des loutres et des rats musqués, à tenter de retrouver, dans les profondeurs du ciel, les étoiles dont elle m'énonçait le nom dans la langue des Saïgas.

Tout, dans ces lieux, me parlait d'elle. Dans quelque autre endroit de la forêt, je me serais senti perdu, sans rien qui puisse me rappeler sa présence. Ici, j'avais l'impression qu'elle était partie cueillir des herbes ou collecter des escargots, que je n'allais pas tarder à entendre son chant et la voix qu'elle prenait, un peu rauque, pour me reprocher d'avoir négligé le feu.

La solitude ne me pesait guère. Je n'avais pas le temps de m'ennuyer et je parvenais à écarter les idées moroses, sinon les souvenirs. La majeure partie de la journée passait à me mettre en quête de vivres frais. Les reptiles ne manquaient pas. La pêche me fournissait de grosses carpes et des grenouilles qui, enfilées sur une branchette et grillées sur la braise, sont un mets de choix. De temps à autre, je m'offrais un festin de cygne ou de canard que j'accompagnais de fraises écrasées.

J'eus, au cours de ce séjour, quelques visites, souvent indésirables, parfois dangereuses.

La première fut celle d'un glouton échappé de la migration de son espèce. Je déteste cet animal de la taille d'un ourson d'un an, un peu balourd, que son appétit féroce pousse aux pires audaces : il s'attaque à de gros gibiers, comme le renne, et échappe à tous les pièges. Celui qui vint me rendre visite était un bel animal à la fourrure fauve et luisante. Je l'abattis d'une flèche et l'achevai d'un coup de hache de pierre sur la nuque. Je pensai garder sa fourrure pour Aweïda mais, renonçant à cette idée absurde, je jetai sa dépouille dans un fourré.

Un autre visiteur se montra plus dangereux : c'était un ours brun, de taille adulte. Je lui aurais volontiers pardonné d'avoir interrompu ma sieste, s'il ne s'était mis en devoir d'ébranler ma cabane. Il y allait de bon cœur, avec un concert de grognements qui ne pouvaient m'inquiéter car ma porte à claire-voie était bien close. Par les interstices, je le lardai de coups de sagaie, en évitant de le blesser trop grièvement, car j'ai quelque sympathie pour ce bel animal, si proche de nous par certains comportements. Celui-ci, sa colère apaisée, prit le parti de s'éloigner en léchant ses blessures. Je doutais qu'il revînt m'importuner.

Je passe sur le menu fretin qui s'introduisait dans ma cabane à la faveur de la nuit : rats musqués, hermines, putois, jusqu'à un énorme blaireau que je surpris en train de lécher, sur le seuil, un récipient ayant contenu du miel.

Le visiteur qui causa ma plus belle émotion, c'est au bord de l'étang que je le rencontrai.

J'étais en train d'attraper des grenouilles avec un filet quand mon regard fut attiré par un monticule couleur de terre brunâtre que je n'avais pas remarqué auparavant. Je me dis que j'avais la berlue, d'autant que cette masse bougeait à travers la légère brume du soir suspendue comme une fumée au-dessus des eaux mortes. Mon émotion se transforma en stupeur quand je vis une trompe secouant une touffe d'herbe aquatique pour en faire tomber la vase. Je retrouvais le même émerveillement qu'au retour de ma précédente campagne d'hiver. A n'en pas douter, il s'agissait du même individu, probablement celui dont de jeunes chasseurs avaient récemment décelé la présence, et que Hankô se proposait d'abattre au cours d'une battue. J'aurais juré qu'il s'était attaché à moi ! Les Esprits et les Puissances qui régissent les rapports entre les hommes et les animaux y étaient peut-être pour quelque chose.

Je me souvins que, lors de notre première rencontre, il était recouvert d'une carapace de glace, avec des pendeloques attachées à ses jarres, qui tintaient au moindre de ses mouvements. Il avait revêtu sa robe d'été : une épaisse toison ruisselait sur son échine, jusqu'au sol, avec des traînées couleur de cendre qui attestaient de sa vieillesse, et des touffes de plantes qui avaient introduit leurs racines à travers les jarres. Il me sembla même apercevoir, sous la bosse qui prolonge le crâne, une petite nappe de fleurs jaunes...

Le mammouth paraissait se plaire à cet endroit guère fréquenté par les chasseurs : ils préfèrent en général se diriger vers le nord où trouver des espaces plus vastes. Il remuait gentiment ses oreilles, dansait d'une patte sur l'autre, se soulevait, retombait avec bruit dans une gerbe d'eau en barrissant de plaisir. Il paraissait hésiter à s'avancer davantage dans l'eau, le sol se dérobant sous ses pas. Il s'y risqua pourtant et se laissa tomber sur le flanc. Ses pattes battirent l'air, il s'arrosa copieusement avec sa trompe, ses défenses longues comme deux fois mon bras dardées vers les premières étoiles.

J'ai toujours pris plaisir au jeu des bêtes, à cette joie de vivre qu'elles expriment alors, comme chez l'homme. Je réprime mon envie de m'avancer vers elles, de mêler ma joie à la leur, comme je le faisais dans mon enfance, quand mon père me rapportait un ourson ou un louvard.

Mon mammouth est resté un long moment à batifoler, arrachant des touffes d'herbes et de nénuphars, les brandissant au bout de sa trompe avant de les enfouir dans sa gueule, caressant ses défenses jaunies par l'âge, comme lacérées avec un couteau. Quand il jugea que son bain avait assez duré, il regagna la terre ferme en s'ébrouant, libéra un long jet d'urine et s'éloigna en boitillant, ce qui me conforta dans une certitude : il ne pouvait s'agir que du mammouth que j'avais déjà trouvé sur mon chemin.

Je m'approchai de lui d'une vingtaine de pas, prudemment, jusqu'à respirer son odeur âcre et puissante.

Peut-être avait-il décelé ma présence, malgré le soin que j'avais pris de rester contre le vent. Le mammouth a mauvaise vue mais son odorat et son ouïe sont très subtils. Il manifesta quelques signes de nervosité, agita ses oreilles et accéléra son allure. Je le suivis un moment, fasciné, en proie non à l'ivresse de la chasse mais à une attirance singulière, que je n'avais jamais ressentie auparavant. La crainte me revenait de le savoir un jour traqué jusqu'à l'épuisement, poussé vers un piège, empalé sur des pieux, abandonné à son agonie jusqu'à la curée.

J'arrêtai ma marche et le regardai partir sans regret : quelque chose me disait que nous retrouverions.

J'avais quitté les Grandes Falaises depuis une lune et la solitude commençait à m'éprouver.

La décision de m'en retourner s'imposa à moi en rentrant d'une cueillette de miel. J'avais surpris un ours de taille moyenne en train de fouiller du museau et de la patte un arbre creux. Je l'avais chassé sans peine, en gesticulant et en faisant plus de bruit qu'une famille de hyènes affamées. Après avoir enfumé l'intérieur du tronc, j'avais fait une récolte copieuse que j'enfermai dans un récipient de terre clos par un bouchon d'herbe. Je comptais le rapporter à mes épouses, qui en étaient friandes.

Prétendre que j'avais retrouvé une totale sérénité serait mentir. Je n'étais que débarrassé de mes obsessions et enclin à laisser place en moi à un sentiment de fatalité. Je me disais que, quoi que je fasse, le destin d'Aweïda et le mien propre avaient divergé et ne se rejoindraient plus. Peut-être était-ce mieux ainsi : elle une adolescente, moi un homme mûr, encore vigoureux, mais sur la pente qui mène à la vieillesse. Je tentais de me rassurer sur sa nouvelle condition, en me disant qu'elle avait peut-être pris de l'ascendant sur Hankô et qu'elle l'avait contraint à la respecter. Dans le cas contraire, s'il la brutalisait, elle aurait un recours : se plaindre à Dwenô ; il lui devait protection, ainsi qu'il me l'avait promis.

Afin de mettre ma cabane à l'abri de nouvelles intrusions de visiteurs indésirables, je la débarrassai des détritus de nourriture qui jonchaient le sol et l'entourai d'une murette de pierres qui la rendait quasiment inexpugnable. Après un dernier salut à mon vieux compagnon, le crapaud Bourbou, je quittai ma demeure au petit matin.

Peu pressé d'arriver, je mis presque une journée pour effectuer le trajet. Au contour d'une colline terminée par une proue de roches roussâtres, je découvris soudain nos falaises qui, sur la fin du jour, se vêtaient d'une lumière délicate. C'était chaque fois la même émotion. Les gens de la tribu allaient et venaient sur les différents niveaux de terrasses ; des fumées léchaient les parois extérieures, se fondaient dans les coulées de lierre et des bouquets de buis. En m'approchant, je pouvais distinguer les degrés de l'escalier taillé dans la roche qui menait à l'abri de Hankô, et l'échelle par laquelle on accédait au mien.

Le pont de lianes franchi, je saluai au passage, d'un sifflement modulé, le cheval d'Aweïda, qui me répondit en hennissant. En passant devant la caverne qui servait de refuge à Sekô, mon cœur se serra : le front de la roche s'était effondré à la suite du gel et des pluies persistantes du printemps. Personne n'ayant daigné déblayer cette cavité, le cadavre de mon malheureux compagnon était resté en place, visible par un bras décharné, qui dépassait de l'amas des blocs.

Décidé à faire en sorte que mon retour passât inaperçu, je gravis en silence les degrés qui menaient à mon foyer. Je ne portais d'ailleurs pas sur mes épaules le gibier qui aurait pu me faire remarquer et susciter de la convoitise. Mes épouses ne parurent pas réjouies outre mesure de me voir réapparaître. En revanche, elles accueillirent avec d'évidentes marques de plaisir le pot de miel que je leur offris.

Et le train-train quotidien reprit son cours...

Cette sérénité que je ramenais de ma solitude n'était qu'apparente. Je portais encore en moi, comme un bloc de pierre inaltérable, le souvenir des jours passés dans ma cabane en compagnie d'Aweïda. Ce bonheur se muait en blessure du fait que je la savais présente, qu'il m'aurait suffi de me pencher sur la terrasse et de l'appeler pour la voir paraître, ce que je n'eus garde de faire. Jamais, me disais-je, je n'aurais dû, après notre première et dernière étreinte, revenir aux Grandes Falaises, accepter le verdict des Anciens et le piège qui nous était tendu. Nous aurions dû partir à tout jamais, forts d'un attachement réciproque, choisir un lieu d'exil dans ces territoires du Sud dont mes fils me vantaient l'agrément. Mais la perspective de trahir mes origines, ma tribu, ma famille, m'eût été insupportable. Il est des fidélités que l'on doit payer cher.

Je ne tentai à aucun moment de revoir ma bien-aimée. Je faisais même en sorte d'éviter une rencontre qui m'eût bouleversé ; si cela s'était produit, peut-être même aurais-je détourné la tête. Rien ne me permettait de supposer que les affres que j'avais connues avant ma retraite ne reviendraient pas me harceler.

Plus hardie que moi, Aweïda n'avait pas attendu la fin de mes états d'âme pour manifester sa présence.

J'étais occupé à vérifier les ligatures de mes sagaies quand une ombre s'interposa entre la lumière du jour et l'obscurité de la caverne. Je n'y prêtai aucune attention, mais une voix connue m'interpella :

— Marah... toi venir... J'ai tué Hankô...

Je lâchai mon arme et pris Aweïda dans mes bras. Elle tremblait de tous ses membres et murmurait dans mon cou des mots dont la signification m'échappait. Tout ce que je compris, c'est qu'un événement grave venait de se produire, dont elle était responsable, et qu'il me fallait l'aider. Je la pris par la main, l'entraînai vers son abri et poussai un juron : Hankô était allongé près du bac de pierre qui contenait l'eau du ménage, inerte, le visage contre le sol, une blessure à la nuque. Je hurlai :

— Mille tonnerres, pourquoi as-tu fait ça ? C'était à moi de le tuer, tu comprends ? A moi...

Elle se jeta en larmes contre ma poitrine, avec des gémissements d'animal pris au piège. J'étais dans la plus entière confusion, au point qu'une idée absurde germa dans ma tête : jeter le cadavre dans le vide afin de laisser supposer que Hankô avait trébuché sur le bord de sa terrasse, qui n'était pas, comme la mienne, protégée par une barrière. L'incident n'avait pas eu de témoins car les voisins ne s'étaient pas dérangés.

— Aide-moi, dis-je. Prends-le par les pieds.

Je lui fis comprendre par des gestes mon intention ; elle hocha la tête pour me signifier son accord.

A peine avais-je soulevé Hankô par les épaules, bandant mes muscles car il était fort lourd, que j'entendis une faible plainte sortant de sa bouche et vis un filet de sang coulant dans sa barbe. Je le reposai.

— Tu ne l'as pas tué, dis-je. Il bouge. On dirait même qu'il veut parler !

— Non ! s'écria-t-elle, lui mort... jeter lui...

Eût-il été mort, ma conscience ne m'eût rien reproché

si j'avais mis mon projet à exécution; lui vivant, je commettais un meurtre. Aweïda me regardait avec une expression de colère et de mépris et persistait à vouloir précipiter le blessé dans le vide. Il était trop tard : les premiers badauds venaient de se montrer. Je fis disparaître la hache avec laquelle Aweïda avait frappé son compagnon, en prétendant qu'il s'agissait d'un accident, mais mon geste ne passa pas inaperçu, si bien que je ne trouvais autour de nous que des regards torves et un silence de pierre.

L'angoisse au cœur, je me dis que j'allais être tenu pour responsable de cet acte de violence. Comme j'avais de bonnes raisons d'en vouloir à Hankô, c'est contre moi que la justice du conseil allait s'exercer. Je n'aurais jamais accepté que l'on soupçonnât Aweïda. Resterait à expliquer que cet accident s'était produit au cours d'une querelle qui avait mal tourné, mais le fait qu'elle se fût déroulée dans la demeure de Hankô, où je n'avais que faire, ne plaiderait pas en ma faveur. De plus, il m'aurait été difficile de faire admettre que j'avais blessé mon rival... par-derrière !

Je fis alerter Sankô. Il arriva, porteur de sa sacoche à médecine et de son attirail de sorcier. Il lava le visage et la nuque de la victime et, après avoir tâté la blessure, hocha la tête en souriant : Hankô survivrait. Il ajouta :

— Tu as de la chance, Marah ! Si tu l'avais tué, tu l'aurais payé de ta vie.

J'avais presque fini par me persuader que j'étais l'auteur de cette violence. L'idée qu'Aweïda eût à subir le supplice réservé aux homicides me révulsait : ils étaient attachés nus à un poteau, au sommet d'un des blocs qui encombrent la rive, de manière que toute la tribu et nos visiteurs pussent assister à leur longue agonie et que ce supplice servît d'exemple. Je l'aurais plutôt tuée de mes propres mains.

Je regardai d'un œil distrait Sankô préparer ses herbes, les émietter, disperser cette poudre sur la nuque du blessé qui gémissait et commençait à se débattre, si bien que nous dûmes lui lier les mains et les jambes. Le sorcier murmura de sa voix rauque et profonde ses incantations, dans la langue inconnue de tous dont il usait d'ordinaire. Il effectua avec ses mains sèches une rotation autour de la tête du blessé et dit en se relevant :

— Hankô sera sur pied dans trois jours. Dans dix, il pourra chasser. Maintenant, le mieux que tu aies à faire est d'aller t'expliquer avec Dwenô.

Il ajouta, en me prenant le bras :

— Si tu veux mon avis, Marah, mieux vaudrait que Hankô soit mort. C'est un mauvais homme. Les Esprits le détestent...

Ces dernières paroles me tournaient dans la tête alors que je me rendais à la chefferie : une caverne aux formes régulières, tapissée de peaux d'ours et de loup, où trois femmes entretenaient ordre et propreté ; des enfants étaient assis sagement dans le fond, devant un tapis de plantes de roche, sous des trophées de cornes et de défenses.

L'Abba me désigna une pierre du foyer, s'assit en face de moi et me lança :

— Heureux de te revoir, Marah ! Comment s'est passé ton séjour dans la forêt ? As-tu rencontré ce mammouth dont tout le monde parle ?

Il s'agissait bien du mammouth... Je haussai les épaules et répondis :

— Je viens d'avoir une dispute avec Hankô. J'ai failli le tuer...

Dwenô sursauta.

— Tu t'es querellé avec Hankô, toi, Marah, que tout le monde tient pour un homme avisé et prudent ? Pour quelles raisons ?

— Il se conduisait mal avec Aweïda. Elle ne l'a pas supporté et c'est à moi qu'elle est venue demander de l'aide. Tu m'avais promis de veiller à sa sécurité, mais...

Il m'interrompit brutalement :

— Tu tiens donc tant à cette petite femelle ? Elle t'a occasionné les pires ennuis et pourtant tu ne peux te détacher d'elle. C'est à croire qu'elle t'a envoûté, cette sorcière !

Il me demanda de lui exposer les circonstances de ce petit drame. Je travestis la vérité, comme je me l'étais promis : nous nous étions battus, j'avais pris une hache et l'avais blessé à la nuque... Je vis Dwenô froncer les sourcils.

— A la nuque, vraiment ? Comme c'est étrange... Mais l'essentiel est qu'il ait survécu. Je ferai en sorte que le conseil soit clément envers toi. Je ne peux te reprocher d'être intervenu pour éviter des brutalités à Aweïda, mais c'est à nous qu'elle aurait dû se plaindre. Tu savais ce que tu risquais en affrontant ce colosse : s'il avait eu le dessus, il t'aurait tué...

Hankô reprit ses esprits le jour même, se leva le lendemain et, le septième jour, fit ses préparatifs pour aller chasser avec sa bande.

A peine sorti de son inconscience, il réclama Aweïda. La femme de son voisin, Brankô, lui répondit que l'Abba la lui avait retirée provisoirement, afin d'éviter tout nouvel incident, en exigeant, ce qui était superflu, qu'il ne cherchât pas à tirer vengeance de moi. Je le croisai sur le bord de la rivière avant son départ ; il me jeta un regard de mépris, sans m'adresser la parole. Il portait encore sur la nuque l'emplâtre d'herbes que Sankô y avait appliqué. Cofia me révéla qu'il avait visité tous les abris des Grandes Falaises sans retrouver sa compagne, et qu'il était de fort mauvaise humeur contre le conseil. Dwenô, sagement, l'avait mise en sécurité dans la tribu voisine, celle de la rivière Noire.

Le conseil avait résolu d'entendre la déposition de Hankô avant qu'il ne partît pour la chasse. Comme cela était prévisible, sa déclaration ne coïncidait pas avec la mienne, ce dont les Anciens se montrèrent irrités et perplexes. Ils avaient trois coupables à châtier : Hankô pour avoir été brutal, Aweïda pour l'avoir blessé, moi pour avoir menti. Ils décidèrent d'un commun accord que cette affaire n'aurait pas de suite mais qu'ils devaient se montrer plus vigilants qu'ils ne l'avaient été.

Sous divers prétextes ou sans le moindre, je me rendais, en longeant la rivière, jusqu'aux falaises occupées par nos voisins. Il me fallait, pour aller et revenir, moins d'une demi-journée, si bien que ce manège passait inaperçu. Je me cachais lorsque je voyais des embarcations monter ou descendre le courant. J'espérais, sinon serrer Aweïda dans mes bras, du moins l'apercevoir. L'idée m'était venue d'aller trouver le chef, le vieux Tivô, mais je savais les rapports amicaux qu'il entretenait avec notre Abba : ma démarche n'aurait pas tardé à être découverte et j'aurais eu à en subir les conséquences.

Kôm me proposa de l'accompagner dans une partie de chasse. Je refusai. Je n'avais ni le goût ni le courage de me lancer dans cette équipée. En fait, je n'avais de goût et de courage pour rien et passais le plus clair de mon temps à chasser les mouches, à écouter le bruit cristallin des gouttes tombant de la voûte dans le cuveau, à jouer de la flûte sur la terrasse, à dormir. Je me disais que le prochain retour de Hankô allait susciter des événements imprévisibles et graves : le conseil aurait à trancher dans le conflit qui nous opposait, et rien ne laissait prévoir que sa décision tournerait cette fois-ci en ma faveur. Le pire eût été le bannissement d'Aweïda. Plus le temps passait, plus la conviction s'imposait à moi que les Anciens adopteraient cette solution. J'avais du mal à l'imaginer préparant son bagage et nous faisant ses adieux pour aller je ne sais où.

Le retour de chasse de Hankô et de sa bande fut triomphal. Ils rapportaient, lié à des perches, la tête en bas, un ours vivant qu'ils avaient dû malmener car des gouttes de sang s'écoulaient de sa gueule. D'autres chasseurs tiraient sur des traînes des cadavres de biches, de cerfs, ainsi que du menu fretin. De quoi faire bombance durant plusieurs jours.

Je restai absent de la fête qui suivit, mais le bruit m'en parvenait des terrasses où elle se déroula jusqu'au milieu de la nuit. Je percevais du fond de mon abri les grognements de l'ours que les enfants excitaient et que les hommes molestaient quand il se montrait hargneux, avant de l'abattre et de le débiter le lendemain. On avait dû, par jeu, comme d'ordinaire, lui faire boire une boisson fermentée pour le voir danser.

Avant de m'endormir, j'écoutai les commentaires que mes compagnes me firent de cette soirée. Elles avaient bu tant de jus de framboise, avalé tant de viande qu'elles en étaient ivres et que leurs propos étaient incohérents. Elles se mirent à danser comme des folles en se poursuivant autour de la fosse à feu et en s'arrosant avec l'eau de la cuve.

Allongée près de moi, Adulah me raconta en pouffant de rire le supplice de l'ours : il avait fallu le rouer de coups, lui lacérer le museau pour maîtriser sa colère ; Hankô avait dû s'y prendre à trois fois avant de l'assommer ; la bête se débattait encore quand il lui avait enfoncé son couteau dans la gorge... Ce fut un spectacle des plus réjouissants. Adulah me reprocha d'avoir renoncé à y assister.

Elle était si excitée par cette folle soirée qu'elle se blottit contre moi et me fit des agaceries auxquelles j'échappai en lui tournant le dos. Quant à Cofia, elle dormait déjà en ronflant.

Le conseil, comme je l'avais prévu, était en proie à la confusion.

Les Anciens avaient tenu réunion sur réunion sans parvenir à s'entendre sur le sort d'Aweïda et sur les châtiments à nous imposer, à moi et à Hankô. Certains proposèrent d'unir ma protégée au fils de Dwenô, Kweith, mais il y eut de sérieuses réticences car ce garçon était de faible constitution et albinos, ce qui inspirait des doutes sur ses facultés à être un conjoint acceptable. D'autres envisagèrent sérieusement de la vendre ou de la troquer au chef de la rivière Noire, où elle passait son temps d'exil. Il s'en trouva enfin pour exiger que celle par qui le scandale était arrivé fût redonnée à la forêt dont elle était issue...

Il existait une autre solution à laquelle personne, à part moi, n'avait songé.

Un matin, armé de ma seule audace, je me présentai dans l'abri de Hankô. Il était occupé en chantonnant à redresser les tiges de ses sagaies et de ses flèches avec un bâton percé. Il fit mine de n'être pas surpris de ma visite et dit simplement, sans interrompre sa tâche :

— Tiens, Marah... La bonne surprise...

Il ajouta :

— On ne t'a pas vu à la fête de l'ours, l'autre soir. Tu aurais été le bienvenu. Ton absence n'est pas passée inaperçue, je dois te le dire...

— Je souffrais d'un accès de fièvre des marais et je manquais d'appétit.

Ce mensonge ne parut pas le convaincre. Je poursuivis :

— J'aime la chasse autant que tu peux l'aimer, Hankô. Ce que je ne tolère pas, en revanche, c'est que l'on fasse, inutilement et par plaisir, souffrir les animaux avant de les tuer, que l'on ne s'excuse pas par une prière de prendre leur chair. Tu as battu cet ours pour divertir nos gens. Les Puissances t'en tiendront rigueur. Ce comportement n'est pas digne d'un chasseur !

Il éclata d'un mauvais rire qui découvrit une denture de jeune fauve, avant de me jeter :

— Les Puissances... les prières... Il n'y a guère que toi et quelques attardés pour croire encore à ces balivernes. Quant à la cruauté que tu me reproches, elle est pire chez les animaux ! Souviens-toi de cette saloperie d'ours qui a emporté un morceau de ta cuisse, dans ta jeunesse...

— Je ne lui en ai pas voulu : il ne faisait que se défendre. C'était sa vie contre la mienne.

Il lâcha la sagaie dont il redressait le manche et s'avança tranquillement vers moi.

— Je suppose, dit-il, que tu n'es pas venu me reprocher cette prétendue cruauté et me rappeler les règles de la chasse. Si c'est le cas, tu peux foutre le camp ! Pas de leçon à recevoir de toi, mon gars...

— Ce n'est pas le but de ma visite, lui répondis-je. Je tenais simplement à savoir si tu as toujours l'intention de reprendre Aweïda.

Il éclata de rire et me tourna le dos, ajoutant :

— Plus que jamais ! Tu devrais le savoir. Cette petite femelle sera ma femme, même si je dois te braver et braver le conseil ! Tu te le tiens pour dit. Elle est coléreuse, obstinée, mais je la dresserai à ma manière...

— Tu en parles comme d'un animal, Hankô ! Quant à ta *manière*, tous la connaissent. Elle n'a guère réussi avec ta première femme...

Au regard acerbe qu'il me jeta, je compris que j'avais touché le point sensible. Je crus qu'il allait saisir l'une de ses sagaies et bondir sur moi. Il s'assit et se contenta de murmurer, comme en proie à la contrition :

— Cesse de parler de ce que tu ignores, vieille peau ! Tona était une créature maudite : toujours malade ou faisant semblant, sale, acariâtre, fainéante... De plus, elle était stérile, malgré ses processions à la grotte de la Fécondité et toutes les saletés que Sankô lui faisait avaler, alors que je souhaitais fonder une vraie famille. Si elle est morte, c'est par accident. Bien sûr, je l'ai battue, comme tu bats tes épouses, comme font tous les mâles de notre tribu ! Mais je lui ai donné un coup de trop, c'est tout... Jamais, je le jure, je n'ai eu l'intention de la tuer ! Tu en penseras ce que tu voudras, mon gars...

— Et tu comptes sur Aweïda pour te donner les enfants que tu souhaites ?

— C'est bien mon intention.

— Il faudrait la prendre de force, Hankô, car elle te déteste. D'ailleurs, le conseil refusera de te la restituer.

— Je me fous du conseil ! Si c'est nécessaire, j'enlèverai cette petite femelle, comme nous l'avons fait ensemble, une première fois, tu t'en souviens ?

— Je m'en souviens, et tu sais que je n'étais pas d'accord. Il n'y aura pas de deuxième fois.

— Vraiment ? Et qui pourrait m'en empêcher ?

— Moi, Hankô.

Il me tourna le dos de nouveau, les mains plaquées sur son visage, les épaules secouées de soubresauts. Il portait encore sur la nuque le pansement fait par le sorcier. Quand il me fit face, il avait des larmes dans les yeux, mais c'étaient des larmes de rire.

— Tu comptes vraiment, me dit-il entre deux hoquets, t'opposer à mon projet ? Mon pauvre Marah, regarde-toi ! Un souffle de moi et tu tombes à la renverse... Dis-moi : comment t'y prendras-tu ? Tu feras appel aux Esprits, aux Puissances ? Tu boiras un philtre magique ?

Interloqué, je constatais que cet entretien prenait un tour imprévu. J'avais envisagé un affrontement verbal, et peut-être physique, avec cette brute, et je m'y étais préparé. Je me disais qu'il m'interdirait l'entrée de son abri, qu'il refuserait de m'entendre, qu'il riposterait, au besoin par la force, contre ce qu'il aurait pu prendre pour une provocation, qu'il m'accablerait, au mieux, d'injures dans ce langage vulgaire qui lui était propre... Et voilà que je le trouvais détendu, prêt à la discussion, presque affable, au point que je sentais fléchir la résolution qui m'avait conduit vers lui, et que je ne lui avais pas encore révélée. Je me sentis soulagé en le voyant adopter un comportement plus âpre.

Il poussa du pied dans le feu une omoplate de renne qui traînait sur le sol, croisa ses bras musculeux sur sa poitrine envahie d'une toison blonde et luisante sous le triple collier de coquillages et de pierres de couleur. Il s'écria :

— Assez plaisanté, Marah ! Si tu es venu me

provoquer, je suis ton homme ! Si tu souhaites me faire la leçon, tu risques de repartir avec mon pied au cul !

Je soupirai d'aise, conscient que, après l'avoir poussé à bout, j'avais suscité en lui la réaction que j'espérais. Ainsi, je n'avais plus l'impression d'affronter quelqu'un d'autre. Il venait de rétablir, entre lui et moi, des liens directs, exempts de manières courtoises, d'instaurer un langage qui était celui de la chasse, dans toute sa rudesse.

Rompant mon silence, il s'écria :

— Oui ou non, es-tu venu me provoquer ?

— C'est bien mon intention ! Je souhaite que nous nous battions.

Voilà. C'était dit. J'en éprouvai un soulagement. Il se rapprocha de moi, pointa l'index vers ma poitrine, murmura d'une voix rauque :

— Regarde-toi, vieille peau ! Tu as presque deux fois mon âge et à peine la force de tenir une sagaie. Tu devrais foutre le camp avant que je te jette dehors par la peau des fesses. Me battre contre toi ? Quelle idée ! Je te massacrerais avant que tu aies eu le temps de faire ouf... Et le conseil, tu y as pensé ? Il m'accuserait de meurtre. Allez, file, mon gars, avant que je me ravise...

Je tenais trop à ma résolution pour fléchir et ripostai :

— Réfléchis bien, Hankô ! Je suis plus coriace que tu le dis. Nous avons tous deux le même but : reprendre Aweïda. Un combat est la seule solution. Le conseil en conviendra, je m'en porte garant. Refuse de m'affronter, et je jure de me débarrasser de toi d'une manière ou d'une autre.

J'ajoutai fielleusement :

— ... mais peut-être crains-tu pour ta vie !

Il s'avança vers moi, grognant comme un ours en

colère, en retrouvant l'allure de défi des vieux chasseurs devant une proie dangereuse. Il posa ses deux poings sur sa poitrine en criant :

— Sache, mauviette, que Hankô n'a peur de rien ! Puisque tu as décidé de crever, je te laisse le choix des armes, du jour et du lieu...

Je passai le temps qui nous séparait du combat dans une singulière sérénité, à polir les lames de mes sagaies, à choisir le vêtement que je porterais, car, pour cette épreuve, je tenais à avoir une tenue convenable : celle des cérémonies. Je chargeai Cofia de rapetasser la robe en peau de loutre que j'avais revêtue à l'occasion de la dernière fête tribale ; elle remplacerait le pagne élimé que je portais d'ordinaire. Adulah fut chargée de nettoyer les bottes légères qui ne servaient que pour chasser dans les parages, car je ne me déplace d'ordinaire que pieds nus, comme tous, ici-bas. J'enfilai autour de mon cou deux colliers : celui qui est fait de nacres ramenées des plages de la Grande Eau, et celui qu'Aweïda avait confectionné avec quelques déchets de jaspe prélevés dans la réserve de Bandwa, et qu'elle avait découpés et gravés de signes mystérieux.

Si je me montrais serein, mes femmes étaient dans l'affliction depuis que je leur avais annoncé ma décision d'affronter le meilleur chasseur de la tribu. Elles me poursuivaient de leurs supplications et de leurs reproches :

— Tu es fou, Marah ! Hankô va te tuer !

— Qu'est-ce que nous deviendrons quand tu seras mort ? Qui voudra de nous ? Y as-tu songé ?

— Tout ça pour une petite femelle qui se moque bien de toi !

— Renonce, Marah ! Renonce !

Je les faisais taire en menaçant de les battre ; elles interrompaient leurs lamentations, mais, un moment plus tard, les reprenaient de plus belle.

Je ne me faisais guère d'illusion sur l'issue de ce combat, mais j'étais bien décidé à y apporter tout ce qui me restait de courage et de vigueur. C'est pour Aweïda que j'allais me battre, c'est-à-dire pour une cause perdue d'avance : à supposer que je triomphe de mon rival, le conseil ne me rendrait pas Aweïda. Curieusement, loin de me décourager, cette perspective renforçait ma volonté d'en finir. N'avoir rien à gagner et tout à perdre dans un jeu peut provoquer une réaction stimulante, à base de fierté.

En dehors de mes épouses, je ne confiai qu'à Kôm le secret de cette lutte à mort, en lui recommandant de ne révéler l'événement à Dwenô que lorsqu'il aurait connaissance du résultat. Je lui fis promettre en outre de veiller à ce que le sort de ma protégée ne fût pas décidé sans son accord. Il jura sur les Esprits et les Puissances de respecter ma volonté.

— Nous avons décidé d'un commun accord, lui dis-je, de la date et du lieu de ce combat. Ce sera dans deux jours, près du ruisseau du Renard. Nous tenons à ce que personne n'y assiste, pas même toi, mon ami. Je te rassure : les règles seront respectées. Bien que je déteste Hankô, je sais qu'il ne faillira pas à l'honneur.

Kôm me pressa contre sa poitrine et déclara :

— Quoi qu'il arrive, Marah, sache que tu es mon ami et que je ne t'oublierai jamais.

8

Un combat incertain

Ce lieu proche des Grandes Falaises, nous l'avions choisi avec soin et d'un commun accord.

Le ruisseau du Renard dévale de la haute sapinette qui recouvre le plateau sous lequel s'ouvrent nos abris. Il marque les limites des Grandes Falaises par une tranchée abrupte, étroite où, l'hiver, il coule avec la puissance d'un torrent, gorgé de limon et chargé d'arbres arrachés. En été, ce n'est plus qu'un aimable filet d'eau dont le murmure fait écho au chant des oiseaux, abondants dans ces parages. De part et d'autre de ses berges, s'étendent des espaces d'herbe et de broussailles, où Aweïda amenait paître son tarpan et où les enfants jouent à la guerre. Des buis géants, des ormeaux et des chênes y entretiennent une ombre délicieuse. Des nappes de framboisiers et de fraisiers tapissent les bases de la falaise, devant de longs rideaux de lierre.

Comme nous en étions convenus, nous sommes partis au petit matin, chacun de notre côté, et seuls.

Lorsque je me suis retrouvé sur le lieu du combat, Hankô m'attendait, songeur, adossé au tronc d'un chêne. Malgré la fraîcheur, il n'était vêtu que du pagne qu'il portait d'habitude. Il s'était dépouillé de ses colliers et avait attaché sa longue chevelure blonde sur sa nuque.

Je m'inclinai devant lui ; il répondit à mon salut.

— Où sont tes armes ? lui demandai-je.

— Je n'ai pas besoin d'armes. Toi, si. Nous nous battrons ainsi à égalité.

Cette attitude me parut témoigner du peu de cas qu'il faisait de mes chances. Je protestai : s'il en était ainsi, nous combattrions à mains nues.

— Je n'ai pas voulu te vexer, dit-il, mais conviens que tu pars avec un sérieux désavantage : ton âge et une puissance inférieure à la mienne. Nos chances ne seraient pas égales. Si tu écartes ma proposition, je préfère me retirer. Ce combat, c'est toi qui l'as voulu. A toi de décider.

J'acceptai de mauvaise grâce, irrité de cette complaisance à laquelle il ne m'avait pas habitué et qui risquait, en m'ôtant une bonne part de ma haine, de me désarmer. Hankô m'apparaissait sous un jour nouveau, qui le rendait plus proche de moi, presque fraternel. J'avais beau lutter contre cette impression émolliente, elle me harcelait.

J'avais emporté trois sagaies ; je n'en gardai qu'une.

— Quand tu voudras ! me dit-il en souriant.

Il s'avança lentement vers moi ; je reculai de quelques pas en assurant la sagaie dans mon poing. Quand il fut à ma portée, je lui portai un premier coup en rugissant. La lame de silex lui effleura les côtes, n'y laissant qu'une éraflure.

— Beau début ! dit-il. Un pouce de plus et je te devais ma première blessure.

— Tu parles trop ! répliquai-je. C'est mauvais signe pour toi.

Je ressentais de moins en moins le sentiment de haine qui m'avait porté à le provoquer. Ce qui devait être un combat à mort tournait au jeu ambigu. Entrait-il dans l'attitude de Hankô une part de perversité ? Avait-il mauvaise conscience ? Souhaitait-il épargner le vieil homme qui avait l'audace de se mesurer à lui ? J'étais de plus en plus mal à l'aise en sentant la haine fondre en moi.

Je me livrai sans conviction à quelques gesticulations qui ne parurent pas l'impressionner et le firent même sourire. Il tentait de me désarmer en m'arrachant le manche de la sagaie, comme un enfant qui chasse les libellules, mais je la tenais d'une main ferme. Son sourire s'estompa lorsque, d'un coup droit, je lui fis une plaie au ventre. Il marmonna, en reculant :

— Tu es en progrès, Marah ! J'ai peut-être eu tort de te sous-estimer.

— Ce n'est qu'un début. Tu es plus fort que moi mais tu me rends des points pour ce qui est de l'habileté.

Par une série de moulinets, je le forçai à rétrograder encore de quelques pas. Il balaya l'air de ses bras au risque de rencontrer mon arme et parvint, je ne sais comment, à me l'arracher. Je me vis déjà mort. Il parut attendre que je demande grâce, ce que je n'eus garde de faire, puis il jeta la sagaie à mes pieds et me lança d'un ton méprisant :

— Ramasse, Marah ! Et tâche d'être plus vigilant.

Comme je m'y refusais, il se baissa lui-même, me tendit le manche et, campé sur ses jambes, attendit un nouvel assaut. C'est lui qui le déclencha. Il se rua sur moi avec un hurlement de rage en me criant de me défendre. Un rude coup de manche au visage interrompit son élan. Il porta la main à son œil, constata qu'il ne saignait pas et me dit :

— De mieux en mieux, Marah ! Tu es plus fort que je ne pensais.

— Alors prends une arme toi aussi !

— Non, vieille peau ! Ce qui est dit est dit. En revanche, je te propose de prendre le temps de souffler. Nous en avons besoin tous les deux.

J'acceptai sans protester. Nous étions l'un et l'autre, malgré la fraîcheur du lieu, couverts de sueur. D'un pas tranquille, nous allâmes vers le ruisseau pour nous désaltérer et nous laver le visage. Accroupi sur le bord, il me dit, en essuyant sa barbe ruisselante d'eau :

— Je n'ai pas le souvenir d'un tel combat dans notre tribu. C'est dommage : ça permet de résoudre rapidement bien des problèmes. Tu as eu une riche idée, Marah ! On se souviendra longtemps de ces deux fous qui se sont battus pour la possession d'une fille qui, peut-être, n'en valait pas la peine...

— On se souviendra surtout du nom du vainqueur...

— ... et on dira : « Ce pauvre vieux Marah, il a payé de sa vie sa témérité. Dommage, car c'était un bon chasseur... »

Cet entretien me mettait mal à l'aise mais, en même temps, me réconfortait. La prétention méprisante de Hankô faisait remonter en moi une tourbe de haine.

— Assez parlé ! lui dis-je. Je ne suis pas encore mort, et toi tu perds ton sang...

— C'est vrai, mais la réserve est inépuisable.

Je le précédai sur le lieu de l'engagement marqué par des nappes d'herbe piétinée.

J'ouvris cette nouvelle phase du combat avec une ardeur accrue. Une voix grondait en moi : « Tue-le ! Sinon c'est lui qui te tuera ! » Hankô marqua sa surprise par un sourire qui avait perdu de son arrogance et se transforma en grimace lorsque ma lame de silex lui entama le gras de l'épaule. Il lâcha un « Mille tonnerres ! » retentissant, porta la main à sa blessure, la ramena sanglante. Il me jeta un regard menaçant, cracha à terre et bougonna :

— Si tu crois que je vais baisser les bras pour deux égratignures, tu te trompes !

Je ne me trompais pas. Si Hankô ne pouvait envisager de se déclarer vaincu, il était assez profondément marqué dans sa chair pour douter de son succès. Pourtant je n'en étais pas au point de chanter victoire. Je me souvenais de ces fauves blessés à mort, qui poursuivent la lutte jusqu'au bout. S'il en allait de même avec Hankô, j'étais perdu.

Je m'efforçais de tenir ferme sur mes jambes, mais les assauts incessants que je livrais m'épuisaient. Certain de me voir fléchir peu à peu, il ne me laissait pas en repos. Lorsque, l'haleine rauque, je marquais un recul, je voyais resurgir sur ses lèvres son sourire de mépris.

Il parvint de nouveau à saisir à deux poings la hampe de ma sagaie ; je réussis à la lui arracher en la faisant tourner d'un mouvement brusque qui le déconcerta, et à l'en frapper à la tempe, si violemment qu'il gémit et recula en vomissant un flot d'injures empruntées au répertoire de la chasse. Je profitai de l'état second dans lequel il se trouvait, non pour poursuivre mon attaque, mais pour lui proposer une nouvelle trêve.

Nous pénétrâmes dans le lit du ruisseau avec un râle de plaisir, pour nous asperger d'eau fraîche et la boire à grandes lampées. Cette fois-ci, il ne dit pas un mot, et je n'eus garde de l'inciter à la conversation. Il restait accroupi sur la berge, ses mains entre ses genoux, méditatif, suivant de l'œil, semblait-il, le jeu des truites et des écrevisses.

Hankô se redressa brusquement et me dit :

— Il faut en finir.

— C'est bien mon avis, répondis-je.

La suite du combat n'eut pas l'intensité sauvage du début. Avec la chaleur qui montait, nous étions, l'un comme l'autre, fatigués de cette lutte incertaine. A travers les ramures des chênes géants, le soleil dardait ses rayons et les moustiques commençaient leur ronde autour de nos visages et de nos torses en sueur. J'avais beaucoup perdu de ma combativité, sinon de ma rage. Mes gestes se transformaient en des manœuvres incohérentes et stériles, mais ce qui m'incitait à ne pas baisser les bras, c'est qu'il paraissait aussi las que moi.

Je réussis à placer quelques beaux coups ; ils ne lui firent pas de blessures profondes mais le déconcertèrent et l'irritèrent plus qu'ils ne mettaient sa vie en danger.

Au comble de la rage, après que je lui eus planté ma lame dans le flanc, il se rua sur moi et me plaqua contre le tronc d'un chêne en grognant, son visage contre le mien :

— Cette fois-ci, tu ne m'échapperas pas !

Impuissant à me servir de mon arme, je me vis perdu, étouffé sous la pression de cette énorme poitrine qui comprimait la mienne. J'entendais le grondement qui montait du fond de son être, je respirais l'odeur âcre de son souffle et de sa poitrine en sueur. Je parvins à libérer mes bras et à cogner de toutes mes forces contre ses reins, en visant sa blessure. Il gémit, les dents serrées, mais ne relâcha pas son étreinte. Profitant de ce qu'il détournait la tête, je le frappai avec la même violence à la nuque, là où il portait un pansement. Il poussa un râle profond et recula en chancelant.

Muni de ma sagaie, je m'en servis comme d'un bâton pour le frapper violemment, avec des cris de rage ponctuant les coups. A demi assommé, les jambes flageolantes, il trébucha sur une souche et s'écroula. La lame de ma sagaie piquée sur son ventre, je haletai et m'écriai :

— Tu es mort, Hankô !

Pris de fureur, je m'apprêtais à parachever ma victoire, quand je me ravisai et lui lançai :

— Hankô, tu es à ma merci. Promets de renoncer définitivement à Aweïda et tu as la vie sauve. Dans le cas contraire...

J'appuyai sur ma sagaie jusqu'à faire jaillir le sang et répétai :

— Renonce, Hankô ! Je veux ta promesse. Ne fais pas de moi un meurtrier.

— Tu as ma promesse, souffla-t-il. La petite femelle fera ce qu'elle aura décidé.

Il ajouta en se redressant :

— Il serait plus simple que tu m'enlèves la vie. Pourquoi hésites-tu ?

— Parce que, si je déteste le mauvais sujet que tu es, je respecte en toi le meilleur et le plus courageux de nos chasseurs. Tu t'es montré généreux en refusant de t'armer. Je te rends la pareille. Au moins, reconnais-tu ta défaite ?

— Je la reconnais, Marah, et je te remercie.

— Alors, tu peux te lever. Tout est fini.

Je l'aidai à se mettre debout, le pris par la taille pour le conduire jusqu'au ruisseau. Il s'allongea dans le courant, sa tête émergeant seule hors de l'eau, les cheveux dénoués flottant autour de ses épaules. Ses plaies libéraient de petits nuages de sang qui se diluaient dans l'eau. A mon tour, je me rafraîchis, en me répétant comme une litanie : « Marah, tu as vaincu le chasseur le plus brave de la tribu... Les Puissances te sont favorables... » En retournant vers les Grandes Falaises, Hankô traînant la jambe derrière moi, je ne songeais qu'à la joie d'Aweïda en apprenant, en même temps que ma victoire, sa libération. C'était la plus belle preuve d'amour que je puisse lui donner.

Kôm nous attendait sur la terrasse, entouré de mes femmes. Ils se jetèrent en larmes dans mes bras.

— Occupez-vous de Hankô, leur dis-je. Il est mal en point...

Hankô avait très mal supporté sa défaite. Après notre retour du ruisseau du Renard, il s'était enfermé dans son abri, comme pour échapper à la curiosité malveillante de ses voisins et de sa bande, et décourager toute visite. Son humiliation était telle qu'il refusa le secours de Sankô et de ses médecines, pour soigner lui-même ses blessures. Kôm, qui avait tenté de s'introduire dans sa tanière, avait été reçu à coups de pierres. Je me proposai de faire la même tentative ; Kôm me mit en garde :

— N'en fais rien, je t'en conjure ! Il est comme un ours blessé. Cette fois-ci, il serait capable de te tuer. Il reviendra bientôt à de meilleurs sentiments.

Mon premier soin, de retour à mon abri, fut d'aller annoncer à Dwenô notre combat et ma victoire, sans attacher à cette démarche le moindre soupçon de vanité. Je lui révélai la promesse de mon adversaire malheureux de ne pas s'opposer au retour d'Aweïda dans sa famille adoptive. Cette promesse, l'Abba tint à la faire confirmer par l'intéressé ; je lui conseillai d'attendre qu'il eût digéré son humiliation, mais il avait tellement hâte d'en finir avec cette affaire, qui lui occasionnait des cauchemars, qu'il refusa de m'écouter. Le soir même, il mit son projet à exécution.

Il fut le seul visiteur que mon rival accepta de recevoir. Une opposition de sa part l'eût fait exclure de notre communauté. L'Abba revêtit son habit de cérémonie en peau de serpent et de lézard, orné de plumes de héron, prit son bâton sculpté et se fit accompagner de son fils, par mesure de sécurité. L'entrevue, à ce qu'on m'a dit, se déroula sans incident, mais avec des éclats de voix dont les voisins furent témoins. Quand elle fut terminée, c'est à moi que le chef rendit visite.

— Voilà qui est fait, me dit-il avec un soupir d'aise. Hankô tiendra sa promesse.

J'aurais aimé en savoir plus sur cet entretien, mais je fus déçu. Nous étions tous habitués, et les membres du conseil plus que quiconque, aux silences du chef Bouillon-Gras. Certains disaient avec ironie que c'était sa méthode de gouvernement préférée, et ils l'acceptaient, tant il est vrai que l'on prête davantage de crédit aux personnes réfléchies qu'aux bavards, et qu'un silence venu à bon escient peut passer pour une phase de réflexion.

Dwenô médita un long moment après avoir étanché sa soif au cuveau, car la chaleur de l'été est lourde, même au creux de nos abris. Il consentit enfin à s'exprimer, mais pour me dire quoi ? Rien, sinon :

— Cette affaire n'est pas terminée, Marah ! Toi et Hankô, vous avez réglé vos comptes. Il reste à savoir ce que mon conseil va décider au sujet d'Aweïda. Tu en seras le premier informé.

Il se drapa dans son manteau de cérémonie et disparut.

La première idée qui me traversa l'esprit après son départ fut que Dwenô revenait à son intention d'unir ma protégée à son fils Kweith.

Malgré certaines réticences, ce projet aurait pu trouver le conseil consentant, ce qui ne faisait pas mon affaire, et celle d'Aweïda pas davantage. Je la connaissais trop bien pour savoir qu'elle n'accepterait pas de partager la vie de ce garçon dénaturé, qui n'avait pas l'étoffe d'un chasseur et rien qui pût séduire une fille comme elle.

C'était pourtant, je l'appris peu après, le projet que l'Abba, bravant toute logique, s'était mis en tête. Chaque union devant être soumise à l'avis du conseil, il fit en sorte, par des faveurs, de le gagner à sa cause et fut déçu : seulement quelques fidèles l'approuvèrent.

S'il en avait été autrement, c'est moi que Dwenô eût trouvé en face de lui.

Fort de la décision du conseil, je réclamai la présence d'Aweïda et n'obtins de lui que des réponses dilatoires : il fallait attendre ; le retour de cette fille était prématuré ; d'ailleurs, elle semblait se plaire dans la tribu de la rivière Noire...

Je demandai à être entendu des Anciens, et cela me fut accordé.

Dwenô semblait absent, comme si cette affaire ne le concernait plus, après l'affront qu'il avait essuyé. Les Anciens parurent embarrassés. Lorsque j'eus exigé le retour de ma protégée, certains s'imaginèrent que je comptais en faire ma troisième épouse, et ils estimaient qu'elle eût été mieux placée chez un jeune chasseur, autre que Hankô, en âge de prendre femme. D'autres me reprochèrent mon obstination, la jugeant indécente...

Ils choisirent, d'un commun accord, d'ajourner leur décision. Je m'écriai :

— Nous sortons d'un conflit qui aurait pu se terminer tragiquement, et vous allez en susciter un autre !

— Pour qu'il y ait conflit, dit d'une voix chevrotante le vieux Bhardh, mon voisin, il convient qu'il y ait deux adversaires. Je n'en vois qu'un : toi. Où se trouve l'autre ?

— Le second, répliquai-je avec aplomb, c'est vous. J'ai vaincu Hankô et j'aurais pu le tuer. Je saurai bien venir à bout de votre adversité.

A ma grande surprise, aucune protestation ne s'éleva. J'étais confronté à une assemblée amorphe, paralysée d'incertitudes et de doutes. Peut-être fallait-il chercher dans mon récent exploit la raison de cette réserve...

— Que comptes-tu faire ? bredouilla Bouillon-Gras.

— Aller trouver le chef de la rivière Noire et ramener Aweïda.

— As-tu l'intention de t'y rendre seul ?

C'est Kôm qui répondit à ma place : il m'accompagnerait.

Le chef Tivô, Abba de la rivière Noire, un beau vieillard encore dru, barbu jusqu'à la ceinture, nous fit accéder à la chefferie où était installée Aweïda. Elle était en train de jouer avec des osselets et des brindilles, entourée d'un groupe de filles glapissantes et agitées. Elle se leva en m'apercevant, le visage empreint de gravité. J'en conçus une inquiétude qui ne tarda pas à se dissiper lorsqu'elle eut crié mon nom et se fut précipitée vers moi en bredouillant :

— Toi... Marah... Moi attendre longtemps toi...

Ivre de joie, je la serrai contre ma poitrine en pétrissant ses cheveux dont une lourde tresse lui tombait sur l'épaule. Incapable de murmurer autre chose que son nom, je l'éloignais de moi, l'attirais de nouveau, sans cesser de garder une main sur elle et de rire. Il me semblait qu'elle avait grandi et embelli : son teint naturellement basané s'éclairait aux pommettes d'une pigmentation rose et sa poitrine, qu'elle avait nue, comme les autres filles de Tivô, avait pris de l'ampleur.

Je laissai à Kôm, qui prétendit représenter le conseil des Grandes Falaises, le soin de négocier avec le chef le transfert de ma compagne. Un sachet de coquillages suffit à le dédommager de ses soins, après un âpre marchandage qui m'eût importuné.

Il me fallut beaucoup de temps et d'application pour faire comprendre à Aweïda que je venais la chercher, mais en lui laissant le choix. Elle me donna la réponse que j'espérais : sa place était auprès de moi. Elle fit à ses compagnes un adieu pathétique et leur promit de revenir. On la couvrit de cadeaux. En me rejoignant, elle me demanda comment Hankô allait se comporter en la revoyant. Je lui fis comprendre qu'il n'était plus à redouter.

Le retour d'Aweïda dans notre tribu s'effectua sans la moindre réticence de la population ni du conseil, et même avec une certaine aménité. Ma victoire sur Hankô devait y être pour quelque chose, mais aussi le fait qu'il n'aurait tenu qu'à moi de prendre la place du chef. J'étais devenu, sans en tirer la moindre vanité, le second personnage important. On réclamait mes conseils, on m'entourait de sollicitude. Certains se hasardaient à prétendre que Dwenô-Bouillon-Gras avait suffisamment fait étalage de son incompétence et de sa veulerie, et qu'il serait bon que je prenne sa place.

Marah, Abba des Grandes Falaises... Cette perspective me faisait sourire.

Restait à savoir comment j'allais me comporter avec Aweïda. Sa présence constante à mes côtés n'allait-elle pas faire renaître la passion délétère qui avait nourri et empoisonné notre destin ? Je dus bien convenir que cette crainte était fondée. Loin de s'estomper, le sentiment que j'éprouvais pour elle n'avait fait que croître du fait de son absence et des dangers que nous avions affrontés. Cet amour insensé, je le combattis avec tant de ténacité, persuadé qu'il était, à la longue, voué à l'échec, que je parvins à m'en délivrer peu à peu, ce qui n'était pas un mince résultat. Les victoires que l'on remporte sur soi-même sont souvent les plus difficiles. J'aurais pu me montrer satisfait de celle que je sentais en bonne voie, mais c'eût été compter sans Aweïda.

Elle se conduisait envers moi comme si nos destins allaient se fondre l'un dans l'autre, et avec mes épouses comme si elles n'étaient que des servantes. Lorsque j'exigeais qu'elle modérât ses élans, elle boudait, me frappait le torse de ses poings, me traitait de « vieux » et d'autres termes de sa langue que je ne pouvais traduire. Quand elle me faisait comprendre, en prenant mon sexe dans sa main, qu'elle voulait des enfants de moi, je me sentais fondre à la fois de bonheur et d'angoisse. Je couvrais son visage de baisers en lui disant que j'étais trop vieux pour engendrer.

Elle se détournait de moi et crachait dans le feu.

Nous entrions au plein de l'été quand Hankô nous quitta. Il n'avait pu supporter longtemps l'humiliation de son échec, lui, le maître des grandes chasses, lui que vénérait la jeunesse, lui qui, en dépit de sa nature violente et excessive, aurait pu prétendre au poste occupé par Bouillon-Gras.

Le jour où il sortit de sa tanière, à la suite de sa longue séquestration volontaire, ce fut pour nous quitter. Et pas en vue d'une campagne de chasse : il en eût informé le conseil, comme il en avait l'obligation. Hankô avait choisi de s'exiler, sans esprit de retour.

— Il fallait s'y attendre, me dit Kôm. Depuis sa défaite, c'était son obsession. Ce qui l'a décidé, c'est le retour de la Gamine. Il ne supportait pas de la voir et de l'entendre rire et chanter. Pour lui, ce devait être un supplice quotidien. Personne n'a pu me dire où il s'est rendu. Peut-être lui-même n'en savait-il rien. Il a dû partir vers le nord. Il ne se plaît vraiment que dans le froid.

En dépit de nos différends, cette décision me fut pénible. J'en éprouvais un curieux sentiment : celui d'être soudain privé de mon ombre. Hankô était pour moi une sorte de double ténébreux, mon contraire, peut-être le reflet d'un reliquat de mauvais penchants...

Débarrassé des déchets de toutes sortes qui l'encombraient, nettoyé de fond en comble, l'abri de Hankô fut confié à un membre du conseil des Anciens, Ivô, qui avait hérité des veuves de Vieux-Débris, Tara et Sabel. Ce ménage paisible fit peu parler de lui. Tara, la plus jeune de ses épouses, grosse fille vulgaire et négligée, lui donna un fils.

C'est au cours du même été que je vis revenir mes deux fils : Rook et Salmô, décidément inséparables. C'était pour moi, comme pour mes femmes, un plaisir chaque fois renouvelé.

Comme chaque été, pour échapper aux ardeurs du Sud, ils remontaient vers la contrée de leur enfance et de leur jeunesse, sans que je puisse les convaincre de se réinstaller définitivement aux Grandes Falaises. Libres comme le vent, ils abhorrent la sédentarité. Leur port d'attache se situe dans une grande vallée du Sud, au pied d'une immense chaîne de massifs, plus hauts, disent-ils, que les montagnes Vertes proches de nos territoires, qui les séparent d'une vaste contrée au climat chaud et sec, où les femmes, à ce qu'ils racontent volontiers, sont brunes, belles et peu farouches.

Ces deux colosses, dont la jovialité fait plaisir à voir, ont la même taille et se ressemblent, si bien qu'on pourrait les prendre pour des jumeaux, mais Rook est plus âgé de deux ans. Ils ont hérité de leur mère, ma chère Bogha, un visage rond, aux joues pleines, une carnation brune et délicate.

A chacune de leurs visites, ils retrouvent leurs habitudes, quelques compagnons du même âge, et s'installent comme s'ils devaient rester, alors que leur séjour dure à peine une lune. Ils passent leur temps à chasser, à festoyer, à boire des boissons fermentées, à raconter des histoires toujours nouvelles sur leurs chasses dans les terres brûlées d'au-delà leurs montagnes.

L'été précédent, ils avaient fait la connaissance d'Aweïda, que j'hébergeais depuis peu, mais ils n'avaient guère prêté attention à cette adolescente, qui leur semblait timide, sournoise et d'un abord difficile. A leur retour, ils découvrirent une fille différente et, comme ils avaient passé plusieurs lunes, dans le Sud, au voisinage d'une tribu saïga, ils purent échanger avec elle quelques propos, ce qui la ravit. Elle les accompagna dans leurs équipées avec un bonheur fou.

Un jour, Rook me prit à part et me dit :

— Père, cette fille semble être très attachée à toi. Souhaites-tu en faire ta troisième épouse ?

— Ce n'est pas mon intention. Deux femmes suffisent au vieil homme que je suis.

— Mais alors, que va-t-elle devenir ? Belle et intelligente comme elle est, il faudra bien lui trouver un compagnon...

Pour lui confier l'idée qui avait germé en moi, j'avais décidé d'attendre de savoir comment mes fils s'accommoderaient de sa présence. Le moment était venu : ils semblaient la considérer comme une sœur.

— J'avais pensé, dis-je avec quelque embarras, vous la donner, à toi ou à ton frère. Elle ferait une bonne épouse, et je sais que vous la traiteriez convenablement, car elle...

Il m'interrompit, en laissant tomber sa main sur mon épaule :

— Père, ce n'est pas une idée raisonnable ! Moi vivant, jamais une femelle n'entrera dans notre abri ! Tu nous vois en train de traîner derrière nous une femelle encombrante ? Ne te tracasse pas pour ta protégée ! Elle finira bien par trouver un compagnon...

Nous en restâmes là.

C'était le plus bel été que nous ayons connu depuis longtemps. Les chasses fréquentes auxquelles se livraient mes fils, parfois en compagnie d'Aweïda, nous ramenaient du gibier en abondance. Il régnait dans la tribu une sérénité qui nous faisait oublier les tourmentes passées. Nos veillées se poursuivaient face à la vallée transformée en un immense lac verdoyant sous la clarté de la lune, près du feu que nous allumions sur la terrasse, autour duquel venaient s'assembler nos voisins. Je jouais de la flûte d'os, Aweïda chantait, Kôm-Barbe-

Rouge racontait les légendes de la femme-renard ou de l'homme transformé en ours, Cofia et Adulah nous servaient des boissons fermentées...

Je m'attardais avec Aweïda, sa tête reposant sur mes cuisses, pour savourer la douceur de l'ombre, les cris d'oiseaux nocturnes, l'odeur amère des buis. C'étaient des moments d'une grande douceur, un bonheur d'une telle intensité que rien ne semblait devoir le menacer. J'avais l'impression de pouvoir engager à tout moment un dialogue avec les Esprits qui rôdent dans la nuit.

J'avais fini par observer, entre Salmô et Aweïda, des attitudes qui allaient au-delà de la simple familiarité et d'une affection fraternelle. Je les surpris même, un matin, en train de descendre, la main dans la main, l'escalier taillé dans le roc qui mène à la rivière. Je les vis, ce jour-là, se défaire de leurs vêtements, plonger dans le courant, à l'embouchure du ruisseau du Renard, et pousser en nageant jusqu'à une caverne large et basse où, nus sur le bord, enlacés, les pieds effleurant le cours de la rivière, ils se laissaient sécher par le soleil.

Ce comportement ne me choquait nullement et je n'y attachai guère d'importance. En notre présence, ils observaient une réserve qui ne laissait aucune place à l'équivoque. Beaucoup d'autres jeunes, garçons et filles, agissaient de même.

C'est Rook qui m'ouvrit les yeux.

— Salmô m'inquiète, me dit-il. Je le connais trop bien pour savoir qu'il prend ses rapports avec les femmes très au sérieux, au point d'en souffrir. Nous avons souvent des démêlés, lorsqu'il prétend m'imposer la présence d'une de ces créatures. Je crains qu'il ne fasse de même avec ta protégée.

— T'en a-t-il parlé ?

— Il s'en est bien gardé. Il connaît d'avance ma réaction. C'est mon cadet. Il me doit obéissance, tu en conviens ?

J'en convenais, en me gardant d'ajouter qu'il était normal qu'un jeune mâle vigoureux comme Salmô souhaitât se choisir une compagne pour la vie. Comme s'il avait suivi le fil de ma pensée, Rook ajouta :

— Si cet attachement se confirmait, il faudrait y mettre bon ordre. Je m'occuperai de mon frère et toi d'Aweïda...

Je m'écriai :

— On voit bien que tu ne la connais pas ! Si elle éprouve un sentiment profond pour ton cadet, elle n'y renoncera pas facilement. Elle est du genre obstiné. J'en sais quelque chose...

— Veux-tu me laisser entendre que tu aimes cette petite femelle ?

J'hésitai à répondre, puis je me décidai à lui raconter mes rapports mouvementés avec elle : mes ennuis vis-à-vis du conseil, notre séjour dans la cabane de l'étang, mon combat contre Hankô... Il sembla désemparé.

— Toi, mon père... Toi et cette gamine... Aurais-tu perdu la raison ?

Il ajouta d'un air grave, après un long silence :

— Si tu savais...

Je lui demandai ce qu'il aurait fallu que je sache. Il se replia sur lui-même, comme persuadé d'en avoir trop dit. Je lui reprochai cette confidence inachevée et insistai. Sa révélation me consterna.

— Tu te fais des illusions sur elle, je le crains. Elle se donne à qui lui plaît. Durant son séjour à la rivière Noire, dont elle m'a parlé, son favori était le fils du chef. Salmô l'a possédée. Moi de même...

Je m'écriai, au comble de la fureur :

— Je ne te crois pas ! Ce sont des sornettes, à moins que tu n'aies toi-même inventé ces horreurs... Réponds-moi !

Je saisis d'une main son collier de pierres rouges et l'attirai vers moi, l'autre main levée sur lui. Son visage se crispa d'un mauvais sourire sous la barbe légère.

— Père, si tu me frappes, tu ne me reverras jamais aux Grandes Falaises !

Je laissai retomber ma main, le lâchai et le suppliai dans un souffle :

— Rook, mon fils, dis-moi que tout cela est faux, que tu l'as imaginé pour me détacher d'elle. Dis-le-moi, je t'en prie...

— Père, tu sais combien je t'aime et te respecte. Tout ce que je t'ai dit est vrai, je le jure.

Je lui fis signe que j'en avais assez entendu. Il me semblait que le monde vacillait autour de moi. Après m'être arrosé le visage à l'eau de la cuve, je me dirigeai d'une allure incertaine vers le bord de la terrasse. La vallée faisait monter jusqu'à moi le bourdonnement des après-midi d'été, d'où semblaient se dégager des voix confuses, une sorte de litanie profonde rejoignant l'amertume qui m'envahissait. J'étais seul au bord du vide depuis un moment, quand je sentis une présence derrière moi et la pression d'une main sur mon épaule. Rook murmura à mon oreille :

— Père, il faut me pardonner, mais c'était nécessaire. Plus tard, tu comprendras que j'avais raison. Que vas-tu faire, à présent ?

— Une petite promenade. J'en ai besoin.

— Ne va pas trop loin : l'orage approche.

La soirée baignait dans une chaleur pesante et une étrange lumière. Le ciel avait revêtu l'apparence d'un étalage de tripailles violâtres lacérées d'éclairs fauves, plantés droit au-dessus de la forêt.

Je redoute les orages mais ils me fascinent : ils nous offrent une occasion de nous trouver au contact direct avec les Puissances du ciel ; elles nous donnent le spectacle de leur colère et de leur folle exubérance. Lorsqu'ils éclatent, mes femmes se réfugient dans le fond de l'abri avec des lamentations et des pleurs ; je m'attarde sur la terrasse et, torse nu, j'accueille béatement la première pluie. Tout ce qui peut rester en moi de perversion, de méchanceté, d'hypocrisie, semble s'écouler le long de mon corps.

Un groupe de pêcheurs accompagnés de femmes portant des panières de poissons remontaient précipitamment échelles et escaliers. Un homme pagayant avec ardeur traversa la rivière pour chercher à s'abriter. Des enfants galopaient avec des cris perçants vers les cavités drapées de lierre qui s'ouvrent à la base des falaises. J'entendis hennir le cheval d'Aweïda. Les grondements du tonnerre se rapprochaient. Leurs échos, ricochant contre la gigantesque muraille, se brouillaient dans ma tête.

Plutôt que d'emprunter le pont de lianes pour passer sur l'autre berge, je traversai la rivière à la nage. J'allais vers l'orage comme vers une fête. Je m'enfonçai dans une prairie d'herbes hautes, toute crissante de chants de criquets et de grillons, que précède un chapelet de petits étangs aux bords recouverts d'herbe à mammouth. Au-delà, jusqu'aux collines et aux falaises qui longent la vallée, commençait le vrai domaine de la forêt.

Je me retournais de temps à autre sans cesser d'avancer. Rook, debout au bord de la terrasse, semblait chercher ma présence dans cette touffeur végétale.

Je me disais que j'avais rendez-vous avec les Puissances de l'orage. Il m'enveloppait de sa chaleur moite, comme ces peaux que mes femmes tendent en hiver devant le feu avant d'aller se coucher. La pluie s'annonça par des gouttes tièdes et larges comme des crachats. L'orage faisait monter sur les terres humides, autour d'un arbre que la foudre venait de fendre et d'incendier, de légères brumes rougeâtres qui sentaient la fumée.

J'étais à présent au cœur de l'orage, dans les bras des Puissances pour ainsi dire, livré à leur colère, comme cette harde de cerfs qui grelottaient de peur sous un châtaignier. A chaque déferlement du tonnerre, la terre tremblait, résonnait comme le tambour du sorcier et semblait sur le point de s'ouvrir sous mes pas. Des lumières éblouissantes fusaient autour de moi, dansaient à travers les ramures, dégageaient des odeurs de silex heurtés. Je me souvins de ce qu'on disait des premiers habitants des Grandes Falaises qui se nourrissaient de fruits, de racines et de viande crue : ce sont les Puissances du ciel qui leur avaient fait ce don précieux, le feu, en déclenchant des orages générateurs d'incendies. Lorsqu'ils parvinrent à le domestiquer, leur vie changea ; le feu devint le compagnon de chaque jour, plus précieux qu'une femme, plus riche de sentiments que l'amour.

Où pouvait bien être Aweïda ? Et en quelle compagnie ? Ces questions me harcelaient, lancinantes comme les éclairs qui jaillissaient de toutes parts. J'avais bien remarqué, depuis que je l'avais retrouvée, une certaine indifférence à mon égard, une économie d'élans, de gestes, de paroles, mais j'attribuais ce comportement à ses épreuves. J'aurais été blessé d'apprendre qu'elle se donnait à mes fils sans que j'en fusse informé ; savoir qu'elle se donnait à qui la voulait me bouleversait.

La foudre frappa un mélèze, tellement proche que j'en fus abasourdi et jeté à terre, au milieu d'un crépitement qui risquait de faire éclater ma tête. Une branche rompue tomba si près de moi que ses brindilles effleurèrent ma joue. Un moment qui me parut une éternité, commotionné, je restai allongé sur le sol, à réciter une invocation que mon père m'avait apprise et qu'il tenait d'un ancien sorcier.

L'orage s'apaisa, dériva lentement, avec des colères de loup traqué, vers les territoires de la Caverne aux Ours, laissant derrière lui un ciel épais et sombre d'où tombait une pluie drue qui faisait fumer les arbres incendiés. Lorsque je me relevai, couvert de boue, des épines de mélèze dans la barbe et les cheveux, je me dis que je devais ressembler à ces chasseurs égarés, rendus à demi fous par la solitude et la peur, qui venaient parfois nous demander asile.

Dans la dernière lumière du soir, je marchais encore, droit devant moi, vers les collines barbouillées d'une étrange lumière jaune par le crépuscule, et je me retrouvai près des étangs aux bords envahis d'herbe à mammouth. J'avais décidé de ne pas pousser plus loin ma promenade quand je me frottai les yeux : il me sembla voir, à une portée de flèche, le mastodonte qui hantait mes pensées. Je me hâtais vers lui, marchant plié en deux, quand je m'entravai sur une racine et m'écroulai. En me relevant, je constatai que le mammouth avait disparu. A n'en pas douter, dans l'état où je me trouvais, j'avais été victime d'une hallucination.

A la nuit tombante, sous une nouvelle averse, je repris le chemin de mon abri.

Passé les derniers éclats de l'orage, mes fils étaient

partis à ma recherche. J'entendais leurs voix crier mon nom. Lorsqu'ils m'eurent retrouvé et m'eurent vertement reproché mon imprudence, je leur racontai une fable insensée : j'étais parti à la recherche de ces champignons géants que les orages font naître spontanément, mais n'en avais pas découvert la moindre trace. Ils s'interrogèrent du regard, comme s'ils doutaient de ma raison.

Ils me soutinrent jusqu'à notre abri, car mes jambes ne me portaient plus.

Mes fils étaient depuis moins d'une lune les hôtes des Grandes Falaises et l'été tirait sur sa fin, quand ils décidèrent de partir. Ils avaient prévu de traverser au retour les vastes plaines du Sud, riches en gibier et peuplées de tribus prospères, qui vivaient non dans des abris sous roche, mais dans des cabanes groupées en rond.

A quelques jours de leur départ, une querelle éclata entre eux. Elles étaient rares mais brutales et pouvaient dégénérer en affrontement physique. J'eus bien du mal, en m'interposant, à leur éviter d'en venir là, sinon à réussir à ramener la concorde.

Salmô m'annonça sa décision irrévocable de ne pas repartir sans Aweïda. Elle eût préféré rester aux Grandes Falaises mais se soumit sans protester ; elle le suivrait sur son cheval pour s'éviter les fatigues d'un long voyage. Rook s'y était d'abord opposé, puis avait fini par consentir, en bougonnant contre cette gamine qui l'importunait par ses caprices. Eprise de Salmô, elle se livrait sur Rook à des câlineries qui me blessaient et le laissaient de glace.

Comme je m'étonnais auprès de mon cadet de cette propension d'Aweïda à provoquer les hommes, il me répondit avec son innocence habituelle :

— Père, toutes les filles font de même. Quand j'en aurai fait ma femme, je veillerai à ce qu'elle ait une attitude plus décente. En attendant, libre à elle de se conduire comme elle l'entend !

Le comportement des filles de la tribu dans ce domaine ne m'est pas inconnu : je sais qu'avant de se choisir un compagnon pour la vie elles se laissent aller à une licence sans frein. Comment contester ce droit à Aweïda, alors que j'avais été le premier à en jouir ? L'orage que je venais d'affronter m'avait curieusement lavé d'une part de mes préventions contre les mœurs relâchées de la tribu.

Trébuchant sous la pluie, avec encore, dans ma tête folle, l'image du mammouth que j'avais cru entrevoir, je songeais qu'une vieille passion allait se substituer à celle que j'avais ressentie pour la jeune nomade : la chasse. J'étais né chasseur et le resterais jusqu'à la fin de mes jours ; cette activité serait désormais le seul but de mon existence, si les Puissances m'accordaient encore quelque temps de vie. Mon vieux mammouth faisait irruption dans mes nuits, piétinait les herbes de mon sommeil, se livrait autour de moi à la danse balourde des pachydermes excités par les effluves du printemps, et semblait m'inviter à sa fête sauvage.

Quel que soit son âge, l'homme ne peut vivre sans passion : c'est une règle à laquelle je ne pouvais ni ne voulais me soustraire. Y renoncer serait s'engager sur le chemin qui mène à la caverne des Morts.

Ce n'est pas sans mal que je parvins à réconcilier mes fils et à éviter une rupture qui leur eût été préjudiciable, à l'un comme à l'autre, car ils ne s'étaient jamais quittés, malgré quelques brouilles dues à l'impétuosité de leur jeunesse.

Je dis à Salmô :

— Mon fils, toi et Aweïda formez le plus beau couple qui soit, et rien de sérieux ne semble pouvoir le rompre. Pars avec elle et faites de beaux enfants.

Je dis à Rook :

— Mon fils, tu ne peux aller contre la volonté de ton frère, même en ta qualité d'aîné. Laisse-le épouser celle qu'il a choisie.

Salmô acquiesça avec chaleur ; Rook grommela je ne sais quoi. Quant à Aweïda, on ne lui demanda pas son avis. De toute manière, ses origines lui faisaient envisager avec joie la perspective d'une longue route, dans des contrées inconnues, sur le dos de son tarpan.

Depuis l'arrivée de mes fils, je ne comptais pour ainsi dire plus pour elle. Finies les agaceries, les mots tendres qu'elle me glissait à l'oreille avec son haleine brûlante de petit fauve, les songeries à deux, sa tête sur mes cuisses. J'en éprouvais de la déception plus que de la souffrance et faisais mine de l'ignorer comme elle m'ignorait.

Elle avait renoncé à pétrir, à modeler et à cuire l'argile. Elle négligeait même d'aider mes femmes dans leurs travaux quotidiens. Le plus clair de son temps, elle le passait à s'exercer à l'arc sur le bord de la rivière avec quelques jeunes chasseurs, à monter à cheval avec une grappe de gamins autour d'elle, à se baigner, à apprendre notre langue avec Salmô qui la rudoyait lorsqu'elle regardait voler les papillons... Le bonheur de vivre se marquait en elle par la vivacité, l'alacrité, des éclats de rire sans motif apparent, et une singulière légèreté d'allure, comme si elle marchait sur un nuage. Le ravissement l'emportait en moi sur la rancœur ; la savoir heureuse me rendait presque heureux.

J'avais confié à mon aîné, et à lui seul, mes rencontres avec le mammouth. Persuadé de longue date que ces pachydermes avaient disparu, il resta sceptique, mais je lui en fis une description si détaillée qu'elle dissipa ses doutes. Son premier réflexe fut d'envisager une battue, avec les meilleurs chasseurs de la tribu. Je lui manifestai mon désaccord : ce mammouth, j'avais été seul à le repérer et je le considérais comme un don des Puissances, à moi seul destiné. Il posa sa lourde main sur mon épaule avec un sourire de commisération.

— Ne me dis pas, père, que tu comptes l'affronter seul...

— C'est mon intention.

— C'est une pure folie.

— J'en conviens. Mais ce sera la dernière.

— Tu ne renouvelleras pas l'exploit de ta jeunesse.

Certes, tu as encore le flair du chasseur, mais pas la force. Tu y laisseras tes illusions et ta vie.

— Ce serait la plus belle fin qu'un chasseur puisse souhaiter.

Il soupira :

— Je ne puis te permettre de partir seul, père. Je t'accompagnerai, mais seulement pour une opération de repérage. Si Salmô veut nous suivre...

Salmô nous écouta d'une oreille distraire et refusa : il avait ses propres préoccupations, comme de veiller à ce que sa compagne ne s'égarât pas avec d'autres hommes. D'ailleurs, cette opération lui paraissait absurde : un mammouth ! Il n'y croyait pas.

La fin de l'été s'étirait dans une exubérance fatiguée. Le soir, des brises fraîches se levaient de la vallée dont les verdures avaient pris une teinte cendreuse. On ne tarderait pas à voir surgir les premières passées de migrateurs. Au dire de Sankô, qui avait commerce avec les Puissances du ciel, l'automne serait précoce et l'hiver d'une rudesse exceptionnelle.

Rook et moi, nous quittâmes les Grandes Falaises pour plusieurs jours, armés et équipés à la légère. Nous prîmes la direction de la Petite Toundra que nous atteignîmes à la fin de la journée. Celle du lendemain nous révéla les premières traces du mammouth : des branches de saule brisées à une hauteur insolite, même pour un cerf élaphe, et quelques empreintes rendues peu visibles par le dernier orage.

Quelle direction allions-nous prendre ? J'estimais que le mieux que nous ayons à faire était de prospecter la berge des étangs et des marécages, où le monstre trouvait sa pâture favorite. Rook proposa de nous séparer et de suivre chacun une piste différente, pour accroître nos chances, ce que nous fîmes après être convenus de signaler notre présence l'un à l'autre par des coups de sifflet.

Je me laissai guider par le hasard, incapable que j'étais de suivre la moindre piste fiable, celle que nous avions repérée se perdant dans un champ de bruyères. Je découvris, au terme de cette deuxième journée, une bauge ouverte sous un escarpement de roches enrobées de lierre, mais ce devait être celle d'une famille d'ours, car des traces de griffes se marquaient sur le tronc d'un chêne. Je ne daignai pas informer Rook de ma découverte.

Je passai cette première nuit dans une anfractuosité de rocher, drapé dans une peau de loup, et fis de la fumée pour signaler ma présence à mon fils ; celle qu'il fit me répondit.

Le lendemain matin, après les coups de sifflet convenus, je repris ma marche et, peu après, à la corne d'un étang, je tombai en arrêt, à une portée de sagaie, devant un magnifique spécimen de cerf élaphe, reliquat d'une espèce qui avait déserté en masse nos climats. Celui-ci avait les dimensions d'un tarpan et une empaumure d'une ampleur monstrueuse. Un fanon grisâtre, long comme la barbe de Kôm, lui pendait jusqu'aux genoux. Ce vieux mâle dut renifler ma présence, malgré la distance, car il effectua une gracieuse volte-face en donnant furieusement de la tête. Je ne m'aventurai pas à sa poursuite, ce bel animal pouvant se montrer dangereux lorsqu'il se sent menacé. Je n'avais pas davantage envie de le tirer à l'arc, car, à cette époque, sa viande n'est pas mangeable.

Le rut des cervidés emplissait de son tumulte la petite vallée semée d'étangs que je longeais. Des brames profonds faisaient écho aux chocs retentissants des bois heurtés avec violence lorsque les mâles se battent entre eux. J'ai assisté maintes fois à ces affrontements, et j'en ressens encore dans ma mémoire une émotion sacrée, comme si ces duels étaient régis par les Puissances. Ils peuvent durer plusieurs jours et entraîner la mort d'un adversaire, parfois des deux...

Au terme de cette troisième journée, alors que le soir tombait et que s'élevaient les premières brumes sur les bas-fonds humides, je lançai un signal modulé à Rook pour qu'il me rejoigne, ce qu'il fit sans tarder. J'avais découvert un abri sous roche, assez surélevé pour échapper aux assauts des moustiques. Une outarde bien grasse que mon fils avait tirée à l'arc constitua notre repas.

Rook me révéla qu'il n'avait découvert aucune trace de celui que nous cherchions mais qu'il était tombé sur un amoncellement gigantesque d'os et de défenses de mammouth. D'après le dénombrement des crânes, il estimait à une dizaine de sujets le contenu de l'ossuaire. Dire s'il pouvait s'agir d'un piégeage ou d'un cimetière de mammouths lui était impossible.

Nous étions si las de ces vaines prospections que nous nous endormîmes à peine le soleil couché. Le feu allumé sur le seuil nous protégeait de l'intrusion des fauves, des hyènes notamment qui nous avaient révélé la proximité de leur présence par leurs miaulements sinistres.

La quatrième journée nous livra quelques traces du mammouth : des herbes aquatiques répandues sur la berge d'un étang et un tas d'excréments refroidis. La conviction de Rook était faite, désormais.

— J'ai l'impression, me dit-il, que *ton* mammouth se joue de nous ! Il semble être partout et nulle part. Ce dont je suis certain, c'est qu'il est de taille respectable et qu'il boite. Je l'ai reconnu à ses empreintes. Sa jambe postérieure droite est blessée. Cela concorde avec tes propres observations. Ce qui me surprend, c'est que d'autres chasseurs n'aient pas été mis en alerte. S'ils l'ont été, pourquoi cette bête est-elle encore là, à nous narguer ? Une battue, avec une dizaine d'hommes, en serait venue à bout, sans trop de mal.

— Je pense qu'ils n'en ont pas vu l'utilité. La viande d'un mammouth de cet âge doit être fibreuse et fade, et, grâce aux Puissances, les gens de ces parages ont d'autres gibiers en abondance, sans se risquer à affronter ce monstre.

— Père, j'ai du mal à te comprendre ! Pourquoi projeter de chasser ce mammouth, si ce n'est pour le tuer et le faire consommer par la tribu ?

— Parce qu'il est sans doute le dernier, du moins dans ces parages. Il marque la fin d'une époque. Plus que de le tuer, c'est le suivre, l'observer, m'en faire peut-être un compagnon, qui me plairait. Puisqu'il doit mourir sans tarder, j'aimerais que ce soit de ma main, pas de celle d'un chasseur malhabile. Il n'a plus de raison d'exister. Il n'est plus de son temps.

— Un peu comme toi, père ?

— Oui, Rook, comme moi...

Au terme de cette expédition infructueuse qui avait duré cinq longues journées, Rook et Salmô décidèrent de reprendre la route.

Aweïda était dans tous ses états : elle allait, venait, bousculait joyeusement mes épouses, chantait et dansait autour de la fosse à feu, nous arrosait avec l'eau puisée dans la cuve... Jamais je ne l'avais vue aussi exubérante. Jamais je n'avais éprouvé la tristesse qui, soudain, m'accablait.

Ils partirent trois jours après notre retour, sans le moindre regret, me sembla-t-il. Rook avait fini par tolérer la présence de la petite.

Ils passèrent la dernière soirée à vérifier leurs armes et à garnir leurs sacs de provisions.

Aweïda me sauta au cou avec une spontanéité et une émotion qui me bouleversèrent, mais sans une larme. Mes fils me pressèrent contre leur poitrine et m'assurèrent, comme ils le faisaient à la fin de chacune de leurs visites, qu'ils reviendraient passer l'été suivant aux Grandes Falaises.

Je ne pus retenir mes larmes séniles en les voyant s'éloigner en direction de la rivière Noire où ils comptaient présenter leurs salutations au chef Tivô. Debout sur le bord de la terrasse, je les suivis longtemps de l'œil à travers le brouillard humide qui voilait ma vue. Avant de disparaître, mes fils se retournèrent et me firent un signe de la main. Aweïda n'eut pour moi ni un geste ni un regard.

Les prévisions de Sankô allaient se confirmer : nous ignorions encore si l'hiver serait rude, mais il fut précoce.

Une première bordée de neige succéda brutalement à un automne d'une douceur exceptionnelle qui donna lieu à quelques chasses limitées à notre territoire. J'avais redouté qu'un de nos groupes ne trouvât le mammouth sur son chemin ; il n'en fut rien. Je découvris seulement une touffe de jarres brunâtres, longues d'une coudée, recouvrant des poils plus souples et un duvet large de deux doigts. J'enfouis le tout dans une faille.

Aux premiers froids, Dwenô prit l'initiative d'une expédition commune avec les chasseurs de la rivière Noire. Il me demanda de prendre la tête des nôtres, en l'absence de Hankô, dont nous n'avions pas de nouvelles. Je refusai et renonçai même à y participer, prétextant mon âge, la fatigue et les dangers de cette campagne. Je souhaitais, d'autre part, profiter de l'absence des chasseurs pour partir en solitaire à la recherche de mon mammouth, persuadé naïvement qu'il devait m'attendre. L'absence de verdure et la neige me permettraient de mieux repérer ses traces.

Finalement, c'est mon ami Kôm-Barbe-Rouge qui fut désigné pour diriger l'expédition. On ne pouvait faire un meilleur choix. Dans la liesse qui marquait le départ de nos chasseurs, il me demanda de veiller sur sa famille et d'assurer au besoin sa subsistance. Je proposai qu'elle se joignît à la nôtre : il n'avait qu'une femme et deux enfants en bas âge, et notre demeure était suffisamment vaste pour les abriter.

Avant de préparer mon départ, je profitai du radoucissement du temps pour faire une réserve de bois en prévision des grands froids et m'assurer que le coffre à viande était bien garni.

Le souvenir d'Aweïda avait cessé de me harceler. Il avait suffi d'une lune pour faire qu'il n'ait plus guère d'importance que celui d'une chasse manquée. Il restait en moi comme un tas de cendres après une flambée brève mais intense, sans le moindre tison qui pût laisser croire à une possible résurgence. J'éprouvais parfois le sentiment étrange d'avoir été la proie d'un mirage, ou qu'il se fût agi d'autres personnages qu'elle et moi. Comment avais-je osé braver les lois, tenter d'amarrer ma vie à ce qui n'était qu'un beau nuage de printemps ?

L'activité intense à laquelle je me livrais depuis le départ de mes fils n'était que gesticulations destinées à combler le vide qui se creusait en moi, mais j'y gagnai une diversion salutaire. Peu à peu, l'image du mammouth et la promesse de sa poursuite prochaine prenaient le pas sur le reliquat de souvenirs malheureux qui subsistaient dans ma mémoire, au point que ce projet tournait à l'obsession.

Que savais-je de ce mastodonte que je me proposais de chasser ? Rien, ou peu de chose. C'est pourquoi je décidai, avant d'entreprendre ce qui serait sûrement ma dernière chasse, de m'entretenir avec le plus vieil homme de la tribu, celui qui connaissait le mieux le mammouth, pour l'avoir poursuivi, au temps de sa jeunesse, dans les steppes glacées du Nord. Nos chefs avaient relégué Kérès au premier niveau de nos abris, dans une cavité proche de la caverne des Morts. Dire son âge eût été impossible, lui-même ne l'ayant jamais su, ou l'ayant oublié, mais son apparence physique attestait son ancienneté : une maigreur effrayante, un visage buriné de rides, des yeux morts, une barbe qu'il avait renoncé à couper depuis sa dernière expédition et qui lui couvrait la poitrine... En dépit de cette décrépitude physique, il avait gardé, avec sa lucidité, l'oreille fine et la parole facile. Il ne subsistait que grâce aux dons en nourriture que le conseil lui accordait. Lorsque la faim le tenaillait, il se lamentait à fendre l'âme en tapant avec son bâton sur un tronc de bois évidé qui sonnait comme le tambour de Sankô.

Je lui rendis visite, porteur d'un pot de miel et de quelques saumons fumés. Il tâtonna pour poser sa main sèche sur ma tête afin de me remercier.

— Kérès, lui dis-je, que les Esprits soient avec toi et t'accordent encore de nombreux jours à vivre.

Il sourit, trempa dans le miel un doigt qu'il lécha avec une expression de gourmandise.

— Sois remercié, Marah ! me dit-il. Que la bienveillance des Esprits t'accompagne toi aussi. Dis-moi ce qui t'amène.

— J'aimerais que le grand chasseur que tu as été me parle du mammouth.

Il émit un rire grinçant, me demanda si le vieil homme que j'étais avait projeté de partir le chasser. J'arguai d'une simple curiosité de ma part et de mon désir de ne pas voir disparaître les fruits de son expérience. Il grogna, cracha dans le feu, trempa de nouveau le doigt dans le pot de miel et me servit quelques banalités.

— On ne chasse plus le mammouth dans les parages depuis longtemps. Disparu ! Il n'en reste plus un seul. Ils ont fui vers le nord, avec le renne et d'autres gibiers habitués au froid. Disparu, tu comprends ?

Par ma question, je venais d'ouvrir une brèche dans ses souvenirs. Je devinais qu'ils devaient remonter en lui, s'y bousculer peut-être. Sa mémoire, je n'allais pas tarder à m'en rendre compte, tenait du prodige, mais il me fut difficile de m'y retrouver dans le fatras qu'elle libérait.

J'écartai d'emblée des croyances persistant dans son esprit, qui faisaient des mammouths l'incarnation d'une Puissance de la terre, des sortes de taupes géantes vivant une partie de l'année dans une demeure souterraine, qui voulaient qu'ils portent sous la queue un opercule destiné à les protéger des grands froids, qu'ils se rendent, à l'approche de la mort, dans des lieux consacrés à leurs dépouilles...

Comme je lui demandais comment on pouvait distinguer, la robe de jarres descendant fort bas, un mâle d'une femelle, il éclata d'un rire grinçant.

— Mon gars, tu attends la saison des amours ! Le mâle, c'est celui qui est dessus...

Il me parla longuement des dimensions de ces monstres. Certains de ceux qu'il avait chassés dans sa jeunesse pouvaient atteindre, du pied à la bosse, la taille de quatre à cinq hommes. Ils pouvaient vivre deux fois notre âge. Blessés à mort, ils pouvaient continuer à marcher pendant des jours. La graisse prélevée sur un seul sujet aurait pu alimenter les lampes et servir à la préparation des repas de la tribu pour plus d'une lune. En revanche, sa chair n'était guère appréciée...

— Rien de comparable, mon gars, à un filet de renne aux airelles !

Je lui demandai de me parler des procédés qu'il utilisait pour les chasser. Il lapa un doigt de miel, parut se recueillir en hochant la tête et en tapant machinalement sur le tambour comme pour appeler ses souvenirs à la rescousse. Le regard de ses yeux blancs semblait interroger les lointains de la forêt.

— Connais-tu au moins, me dit-il, les raisons qui ont motivé le départ des mammouths ? Le changement de climat, bien sûr ! Cet animal ne se plaît qu'avec de la glace sous ses pieds et de la neige sur son dos. Il y a autre chose... Avec le climat radouci, la forêt a pris le pas sur la steppe et la toundra, et le mammouth, étant donné sa taille, ne peut se promener là où des arbres contrarient sa marche. Quant à la chasse, mon gars, c'est la plus passionnante qui soit...

Il évoqua les méthodes de capture, la plus courante étant le piège. On pouvait diriger les mammouths vers un marécage, les faire avancer suffisamment pour qu'ils s'immobilisent dans la vase, creuser sur leur trajet des fosses assez profondes pour qu'ils s'y empalent sur des pieux, attendre leur passage pour faire dégringoler sur eux des quartiers de roche...

Une autre technique consistait à les approcher durant leur sommeil, à nouer autour d'une de leurs jambes un solide collier de cuir relié à un arbre, en prenant soin de se barbouiller de boue et de se saupoudrer de terre, car le mammouth, s'il a une mauvaise vue, a un odorat très aigu.

— Il est déconseillé, ajouta Kérès, d'affronter de front le mammouth. Trop dangereux, mon gars ! D'un coup de trompe, il brise les reins d'un ours ou d'un félin. Alors, un homme...

Il ajouta avec un sourire complice :

— Je me souviens de ce jeune chasseur qui, jadis, s'est risqué sous le ventre d'un mammouth sans l'avoir piégé. Ce fou, j'aurais bien aimé le connaître...

— Eh bien, dis-je, tu viens de le rencontrer. Ce jeune fou, c'était moi.

— Je le savais, Marah...

Le soleil s'est couché, ce soir-là, dans un nid de nuages couleur de sang, avec, sur l'horizon opposé, de lourdes barres de schiste d'une parfaite régularité. Le temps est doux pour la saison. Nous respirons déjà l'odeur subtile de la neige.

Comme chaque soir ou presque depuis le départ de mes fils, je suis resté sur la terrasse jusqu'à la nuit, à jouer de ma flûte d'os fabriquée par Aweïda. J'ai égrené quelques notes pour saluer l'émergence de la lune et des premières étoiles. Je n'ai pas eu le temps d'apprendre de ma compagne à situer et à nommer les fleurs de ce jardin des Puissances, à observer leurs mouvements, et Sankô, malgré toutes ses connaissances, serait bien incapable de m'éclairer.

C'est l'heure que je préfère : celle où la paix nocturne enveloppe les Grandes Falaises, la rivière et la vallée. Ma famille et celle de Kôm sommeillent dans les seules lumières de la braise et de la lampe à graisse que Cofia tient allumée, car elle redoute les Esprits de la nuit.

Immobile, jambes croisées, une peau de renne sur mes épaules, je reste là, à écouter le murmure de la rivière où la glace a commencé à prendre, la rumeur faite des cris de rapaces, des miaulements de hyènes, des hurlements de loups, montant de la vallée. De temps à autre, je reprends ma flûte pour dialoguer avec les Esprits de l'ombre, dont je sens l'amitié autour de moi.

Une quinzaine de jours sont passés depuis ma visite au vieux Kérès. La moitié d'une lune, dont une partie à attendre la neige désirée. Elle s'est annoncée par une pluie légère mais glacée, mêlée de quelques flocons. Ce matin elle est là, couvrant l'immensité des forêts d'un voile opaque, ne laissant transparaître que les ramures sombres des sapinettes et les quartiers de roc qui bordent la rivière.

Le moment est venu de ma dernière chasse. Je sais d'avance quelle sera ma proie.

des battements de loups, montant de la vallée. De temps à autre, je reprends ma flûte pour dialoguer avec les Esprits de l'ombre, dont je sens l'[illegible] autour de moi.

Une quarantaine de jours sont passés depuis ma visite au vieux Xérès. La moitié d'une lune dont une partie à attendre la neige désirée. Elle s'est annoncée par une pluie légère mais glacée mêlée de quelques flocons. Ce matin, elle est là, couvrant l'immensité des forêts d'un voile opaque, ne laissant transparaître que les ramures sombres des sapinettes et les quartiers de roc qui bordent la rivière.

Le moment est venu de ma dernière chasse. Je sais d'avance quelle sera ma proie.

9

La dernière folie

Kôm se tailla une lamelle de viande dans le cuissot de renne que Cofia venait de retirer de la braise. Il tendit son couteau à Rook qui le plongea à son tour dans la chair odorante.

— Tout ce qu'on sait du départ de ton père pour la chasse, dit Kôm, c'est Cofia qui me l'a appris. Il s'est équipé comme pour une expédition dans le Nord : trois sagaies, un épieu, une hache, un arc, des cordes de cuir et des provisions pour plusieurs jours. Quand elle lui a demandé où il se rendait, il lui a répondu qu'il avait rendez-vous avec lui-même ! Va comprendre... Je crois que son esprit commençait à battre la campagne. Par exemple, cette manie qu'il avait de jouer de la flûte alors que toute la tribu s'était endormie, la visite qu'il a faite avant son départ à Kérès, le vieux chasseur de mammouths... Et je ne parle pas de cette folie d'amour qui l'a poussé à se mesurer à Hankô, ce colosse ! Pour tout dire, Marah n'avait pas le comportement d'un homme normal...

— Je ne le sais que trop, soupira Rook. Cette petite femelle d'Aweïda portait le malheur avec elle. Mon frère Salmô l'a payé de sa vie.

— Salmô ? Mort ?

— Sur le chemin du retour, à la fin du dernier été, après quatre jours de marche, le hasard nous a mis en présence d'une tribu nomade : celle des Saïgas, dont Aweïda, tu le sais, est originaire. Nos rapports avec eux ont été excellents, jusqu'au moment où, brusquement, elle a décidé de les suivre, comme si mon frère ne comptait plus pour elle. Toi qui l'as connue, tu sais combien elle était versatile, capricieuse, obstinée sous une apparence séduisante. Mon frère a très mal pris cette décision. Il a tenté de la convaincre d'y renoncer, puis de l'y contraindre par la force. Il s'est heurté aux frères d'Aweïda, les fils du chef, de solides gaillards. Ils se sont battus. Lorsque je suis arrivé à la rescousse, Salmô était mort d'un coup de lance dans le ventre.

Rook passa une main sur son visage, comme pour effacer le souvenir de cet événement. Il ajouta :

— Parle-moi plutôt de mon père. Comment est-il mort ?

— Il est parti seul, dans une tempête de neige, sans dire à qui que ce soit, pas même à ses femmes, où il se rendait. Le savait-il lui-même ? Sans nouvelles de lui depuis une quinzaine de jours, Cofia a alerté Dwenô qui a organisé une battue pour le retrouver, avec les hommes qui restaient. La plupart étaient partis vers le nord pour la grande expédition d'hiver. Plusieurs tentatives sont demeurées sans résultat. On allait y renoncer quand un vol de rapaces a attiré l'attention de nos chasseurs. A ce qu'on m'a rapporté, ils n'en croyaient pas leurs yeux...

Kôm s'interrompit pour avaler une rasade de boisson de prunelle, avant de poursuivre :

— Ton père, mon garçon, a tué le dernier des mammouths.

— Cela semble impossible ! Un homme seul, et vieux de surcroît...

— Tu dois te souvenir que, dans sa jeunesse, Marah s'est attaqué seul à un mammouth de belle taille et l'a éventré. J'étais présent lorsqu'il s'est glissé sous ce monstre et lui a enfoncé sa sagaie dans les tripes. Nous en étions tous figés de stupeur.

— C'était bien avant ma naissance, Kôm, mais je sais qu'on a parlé longtemps de cet exploit, et pas seulement dans notre tribu. Oui, mon père était un grand chasseur, et je suis fier d'être son fils. J'ai appris qu'au moment de tuer sa proie, il lui demandait pardon...

— C'est ce qu'il a fait avant de se glisser entre les jambes du mammouth. Une tradition qui se perd, Rook, et je le regrette. Lorsqu'on a retrouvé le cadavre de Marah il ne restait de lui qu'une dépouille informe, de même que le mammouth. Ses sagaies étaient encore plantées dans le flanc du monstre.

— Comment est-ce possible ? demanda Rook.

— Nous pensons qu'il a dû surprendre l'animal durant son sommeil. Il a réussi à fixer un collier de cuir sur l'une de ses jambes et à le relier à un gros chêne par des lanières en cuir de renne tressé. C'est un procédé qu'utilisaient les anciens hommes.

— Comment mon père a-t-il été tué ?

— Difficile à expliquer, Rook... Le cadavre était disloqué, comme s'il était tombé du haut d'une falaise. De l'avis des chasseurs, il a été saisi par la trompe du mammouth et projeté violemment contre un arbre ou un rocher. Ce mammouth semblait très âgé, mais sa puissance devait être décuplée par la fureur.

— Qu'avez-vous fait des restes de mon père ?

— A ce qu'on m'a dit, sa dépouille a été déposée sur le séchoir où les cadavres attendent la fin de l'hiver. Le

printemps venu, nous l'avons mis en terre en gardant son crâne pour le placer dans la caverne des morts, avec ceux de ses Anciens. Nous l'avons orné du collier que lui avait confectionné Aweïda et qu'il portait ce jour-là, contrairement à ses habitudes.

Kôm se tailla une autre tranche dans le cuissot de renne et demanda :

— Que comptes-tu faire, l'été terminé, mon garçon ? Reprendre, je suppose, la route de tes montagnes ?

— Non, dit Rook. Mon intention est de rester parmi vous, si les Anciens y consentent. C'est ici que je compte prendre femme et finir mes jours, comme l'a fait mon père.

— Les Anciens te donneront leur accord, je m'en porte garant. Je sais que Marah aurait été heureux de ta décision...

Kôm décrocha son arc, ses flèches et une sagaie de la branche morte fichée dans une anfractuosité de la caverne. Il dit à Rook :

— Nous devons nous préoccuper de remplir nos coffres à viande. Les provisions de l'hiver se terminent. Veux-tu m'accompagner ?

Ils partirent à travers la forêt toute bruissante de chants d'oiseaux. Des odeurs lourdes comme des sueurs de fièvre montaient de la terre encore imprégnée des dernières pluies de l'hiver. Le vert acide des premières verdures faisait comme une brume sur l'horizon de la vallée. Il faisait encore un peu frais, mais l'après-midi serait doux et chaud.

On entrait à petites journées dans le printemps.

TABLE DES MATIÈRES

Achevé d'imprimer sur les presses de

BUSSIÈRE

GROUPE CPI

à Saint-Amand-Montrond (Cher)
en février 2006

Mise en pages : Bussière

POCKET - 12, avenue d'Italie - 75627 Paris Cedex 13
Tél. : 01-44-16-05-00

— N° d'imp. : 52225. —
Dépôt légal : février 2006.

Imprimé en France